谨以此书迎接一个朗读时代的到来

大麦地

曹文轩/著

北京大学出版社

图书在版编目(CIP)数据

大麦地 / 曹文轩著.—北京：北京大学出版社，2009.5
(曹文轩美文朗读丛书)
ISBN 978-7-301-15121-1

Ⅰ.大… Ⅱ.曹… Ⅲ.青少年－小说－作品集－中国－当代 Ⅳ.I267
中国版本图书馆CIP数据核字（2009）第052192号

书　　　名：	大麦地
著作责任者：	曹文轩　著
责 任 编 辑：	泮颖雯
标 准 书 号：	ISBN 978-7-301-15121-1/I・2107
出 版 发 行：	北京大学出版社
地　　　址：	北京市海淀区成府路205号　100871
网　　　址：	http://www.pup.cn　电子信箱：zyl@pup.pku.edu.cn
电　　　话：	邮购部62752015　发行部62750672　编辑部62767346
	出版部62754962
印 刷 者：	北京大学印刷厂
经 销 者：	新华书店
	730毫米×1020毫米　16开本　9印张　115千字
	2009年5月第1版　2012年2月第12次印刷
定　　　价：	23.00元（附光盘）

未经许可，不得以任何方式复制或抄袭本书之部分或全部内容。
版权所有，侵权必究
举报电话：(010)62752024　电子信箱：fd@pup.pku.edu.cn

朗读的意义

曹文轩

关于阅读的意义，我们已经有了丰富多彩的阐述：阅读是一种人生方式；阅读是对人的经验的壮大；阅读还有助于创造经验；阅读养性；阅读的力量神奇到能改变一个人的外形；在没有宗教情怀的世界里，阅读甚至可以作为一门优美而神圣的宗教……

可在今天这个有着无穷无尽的诱惑的世界里，人们对阅读却越来越疏离了，甚至连中小学生们都对阅读越来越不感兴趣了。这个情况当然是很糟糕的，甚至是很悲哀的。

无数的人问我："究竟有什么办法让孩子喜欢阅读？"

我答道："朗读——通过朗读，将他们从声音世界渡到文字世界。"

难道还有更好的方法吗？一个孩子不愿意阅读，你对他讲阅读的意义，有用吗？就怕是你说到天上去，他大概还是不肯阅读的。可是我们现在来做一个设想：一个具有出色朗读能力的语文老师或者是学校请来的一个著名演员，在他们班上声情并茂地朗读了一部小说里的片段，那是一个优美的、感人的、智慧的、扣人心弦的精彩片段，那个孩子在不知不觉之中被深深吸引住了，朗读结束之后，他就一直在惦记着那部小说，甚至急切地想看到那部小说，后来他终于看到了它，而一旦他进入了文字世界之后，就再也不想放弃了。于是，我们就可以有充足的理由对这个孩子的阅读乃至成长抱了希望。

朗读在发达国家是一个日常行为。

2006年9月，我应邀参加了第六届柏林国际文学节。在柏林的几天时间里，我参加最多的就是各种各样的朗读会。他们将我的长篇小说《草房子》以及我的一些短篇小说翻译成德文，然后请他们国家的一流演员去学校、去社区图书馆朗读，参加者有学生，也有成年人——不同阶层、不同年龄的成年人。在我的感觉里，朗读对他们而言，是日常生活中一件经常的却是非常重要的事情。四五人、五六人、十几人、上百人坐下来，然后听一个或几个人朗读一篇（部）经典的作品，或一段，或全文。可见朗读在德国这样的发达国家，是一种日常的、同时也是一种非常优雅的行为。

"'语文'学科，早先叫'国文'，后改为'国语'，1949年后改称'语文'，从字面上看，'语'的地位似乎提高了，实际上，'重文轻语'是中国语文教学中的一大弊病。"（刘卓）

"语文语文"，"文"是第一的，"语"是次要的，甚至是无足轻重的。重"文"轻"语"，这是中国的文化传统。中国在很多时候，把"文"看得十分重要，而把"语"给忽略掉了，甚至是贬低"语"的。"巧言令色"，能说会道，是坏事。是君子，便应"讷于言而敏于行"。"讷"——"木讷"的"讷"，便是指一个人语言迟钝，乃至沉默寡言，而这是美德，认为这样的人是仁者。

"水深流去慢，贵人话语迟。"这便是中国人数百年、数千年所欣羨的境界。当然中国也有极端的历史时期是讲究说的。说客——说客时代。那番滔滔雄辩，口若悬河，真是让人对语言的能力感到惊讶。但日常生活中，中国人还是不太喜欢能说会道的人的。"讷"，竟然成了做人最高的境界之一，这实在让人感到可疑。

2008年，美国总统竞选，很让我着迷，着迷的就是奥巴马的演讲。他的演讲很神气，很精彩，很迷人，很有诗意。从某种意义上讲，美国总统竞选，就是比一比谁更能说——更能"语"。我听奥巴马的讲演，就觉得他是在朗读优美的篇章。

说到朗读上来——不朗读——不"语"，我们对"文"也就难以有最深切的理解。

我去各地中小学校作讲座，总要事先告知学校的校长老师，让他们通知听讲座的孩子带上本子和笔。我要送孩子们几句话。每送一句，我都要求他们记在本子上。接下来，就是请求他们大声朗读我送给他们的每一句话。我对他们说："孩子们，有些话，我们是需要念出来甚至是需要喊出来的，而且要很多人在一起念出来、喊出来。这是一种仪式，这种仪式对我们的成长是有用的。"

当我们朗读时，特别是当我们许多人在一起朗读时，我们自然就有了一种仪式感。

而人类是不能没有仪式感的。

仪式感纯洁和圣化了我们的心灵，使我们在那些玩世不恭、只知游戏的轻浮与浅薄的时代，有了一分严肃，一分崇高。

于是，人类社会有了质量。

这是口语化的时代，而这口语的质量又相当低下。恶俗的口语，已成为时尚，这大概不是一件好事。

优质的民族语言，当然包括口语。

口语的优质，是与书面语的悄然进入密切相关的。而这其中，朗读是将书面语的因素转入口语，从而使口语的品质得以提高的很重要的一环。

朗读着，朗读着，优美的书面语在不知不觉中变成了口语，从而提升了口语的质量。

朗读是体会民族语言之优美的重要途径。

汉语的音乐性、汉语的特有声调，所有这一切，都使得汉语成为一种在声音上优美绝伦的语言。朗读既可以帮助学生们加深对文本的理解，同时也可以帮助他们感受我们民族语言的声音之美，从而培养他们对母语的亲近感。

朗读还有一大好处，那就是它可以帮助我们淘汰那些损伤精神和心智的末流作品。

　　谁都知道，能被朗读的文本，一定是美文，是抒情的或智慧的文字，不然是无法朗读的。通过朗读，我们很容易地就把那些末流的作品杜绝在大门之外。

　　北大出版社打造这套丛书，我之所以愿意从我全部的文字中筛选出这些文字，都是一个用意——

　　以这些也许微不足道的文字，去迎接一个朗读时代的到来。

2009年5月8日于北京大学蓝旗营

目录

大麦地/1

水与芦苇的缠绵*（5—7）

烟村*（7—10）

葵花田/19

地上的太阳*（28—31）

最后的盛开（31—36）

哭泣的火焰/40

一头驴子（49—51）

鬼舞（60—63）

红纱灯/66

天鹅（70—73）

红色的河流*（103—106）

瞭望塔/108

瞭望塔（108—115）

柠檬蝶/116

柠檬蝶（116—118）

水下有座城/119

金色马车*（124—126）

风哥哥/133

注：目录中楷体字篇目为推荐朗读内容，其中，标有"*"的，为示范朗读内容，正文已配录音。正文中凡推荐朗读的内容均已用楷体字标示。

大 麦 地

1

  七岁女孩葵花走向大河边时,雨季已经结束,多日不见的阳光,正像清澈的流水一样,哗啦啦漫泻于天空。一直低垂而阴沉的天空,忽然飘飘然地扶摇直上,变得高远而明亮。

  草是潮湿的,花是潮湿的,风车是潮湿的,房屋是潮湿的,牛是潮湿的,鸟是潮湿的……世界万物都还是潮湿的。

  葵花穿过潮湿的空气,不一会儿,从头到脚都潮湿了。她的头发本来就不浓密,潮湿后,薄薄地粘在头皮上,使人显得更清瘦。而那张有点儿苍白的小脸,却因为潮湿,倒显得比往日要有生气。

  一路的草,叶叶挂着水珠。她的裤管很快就被打湿了。路很泥泞,她的鞋几次被粘住,于是她索性脱下,一手抓了一只,光着脚丫子,走在凉丝丝的烂泥里。

  经过一棵枫树下,正有一阵轻风吹过,摇落许多水珠,有几颗落进她的脖子里,她一激灵,不禁缩起脖子,然后仰起面孔,朝头上的枝叶望去。只见那叶子,一片片皆被连日的雨水洗得一尘不染,油亮亮的,让人心里很喜欢。

不远处的大河，正用流水声吸引着她。

她离开那棵枫树，向河边跑去。

她几乎天天要跑到大河边，因为河那边有一个村庄。那个村庄有一个很好听的名字：大麦地。

大河这边，就葵花一个孩子。

葵花很孤独，是那种一只鸟拥有万里天空却看不见另外任何一只鸟的孤独。这只鸟在空阔的天空下飞翔着，只听见翅膀划过气流时发出的寂寞声。苍苍茫茫，无边无际。各种形状的云彩，浮动在它的四周。有时，天空干脆光光溜溜，没有一丝痕迹，像巨大的青石板。实在寂寞时，它偶尔会鸣叫一声，但这鸣叫声，直衬得天空更加空阔，它的心更加孤寂。

大河这边，原是一望无际的芦苇，现在也还是一望无际的芦苇。

那年的春天，一群白鹭受了惊动，从安静了无数个世纪的芦苇丛中呼啦啦飞起，然后在芦荡的上空盘旋，直盘旋到大麦地的上空，嘎嘎鸣叫，仿佛在告诉大麦地人什么。它们没有再从它们飞起的地方落下去，因为那里有人——许多人。

许多陌生人，他们一个个看上去，与大麦地人有明显的区别。

他们是城里人。他们要在这里盖房子、开荒种地、挖塘养鱼。

他们唱着歌，唱着城里人唱的歌，用城里的唱法唱。歌声嘹亮，唱得大麦地人一个个竖起耳朵来听。

几个月过去后，七八排青砖红瓦的房子，鲜鲜亮亮地出现在了芦荡里。

不久竖起一根高高的旗杆，那天早晨，一面红旗升上天空，犹如一团火，静静地燃烧在芦荡的上空。

这些人与大麦地人似乎有联系，似乎又没有联系，像另外一种品种的鸟群，不知从什么地方落脚到这里。他们用陌生而好奇的目光看大麦地人，大麦地人也用陌生而好奇的目光看他们。

他们有自己的活动范围，有自己的话，有自己的活，干什么都有自己的一套。白天干活，夜晚开会。都到深夜了，大麦地人还能远远地看到这里依然亮着灯光。四周一片黑暗，这些灯光星星点点，像江上、海上的渔火，很神秘。

这是一个相对独立的世界。

不久，大麦地的人对它就有了称呼：五七干校。

后来，他们就"干校干校"地叫着："你们家那群鸭子，游到干校那边了。""你家的牛，吃了人家干校的庄稼，被人家扣了。""干校鱼塘里的鱼，已长到斤把重了。""今晚上，干校放电影。"……

那时，在这片方圆三百里的芦荡地区，有好几所干校。

那些人，都来自大城市。有些大城市甚至离这里很远。那些人也不全都是干部，还有作家、艺术家。他们主要是劳动。

大麦地人对什么叫干校、为什么要有干校，一知半解。他们不想弄明白，也弄不明白。这些人的到来，似乎并没有给大麦地带来什么不利的东西，倒使大麦地的生活变得有意思了。干校的人，有时到大麦地来走一走，孩子们见了，就纷纷跑过来，或站在巷子里傻呆呆地看着，或跟着这些人。人家回头朝他们笑笑，他们就会忽地躲到草垛后面或大树后面。干校的人觉得大麦地的孩子很有趣，也很可爱，就招招手，让他们过来。胆大的就走出来，走上前去。干校的人，就会伸出手，抚摸一下这个孩子的脑袋。有时，干校的人还会从口袋里掏出糖果来。那是大城市里的糖果，有很好看的糖纸。孩子们吃完糖，舍不得将这些糖纸扔掉，抹平了，宝贝似地夹在课本里。干校的人，有时还会从大麦地买走瓜果、蔬菜或是咸鸭蛋什么的。大麦地的人，也去河那边转转，看看那边的人在繁殖鱼苗。大麦地四周到处是水，有水就有鱼。大麦地人不缺鱼。他们当然不会想起去繁殖鱼苗。他们也不会繁殖。可是这些文文静静的城里人，却会繁殖鱼苗。他们给鱼打针，打了针的鱼就很兴奋，在水池里撒欢一般闹腾。雄鱼和雌鱼纠缠在一起，弄得水池里浪花飞溅。等它们安静下来了，他们用网将雌鱼捉住。那雌鱼已一肚子籽，肚皮圆鼓鼓的。他们就用手轻轻地捋它的肚子。那雌鱼好像肚子胀得受不了了，觉得捋得很舒服，就乖乖地由他们捋去。捋出的籽放到一个翻着浪花的大水缸里。先是无数亮晶晶的白点，在浪花里翻腾着翻腾着，就变成了无数亮晶晶的黑点。过了几天，那亮晶晶的黑点，就变成了一尾一尾的小小的鱼苗。这景象让大麦地的大人小孩看得目瞪口呆。

在大麦地人的心目中，干校的人是一些懂魔法的人。

干校让大麦地的孩子们感到好奇，还因为干校有一个小女孩。

他们全都知道她的名字：葵花。

2

这是一个乡下女孩的名字。大麦地的孩子们不能理解：一个城里的女孩，怎么起了一个乡下女孩才会起的名字？

这是一个长得干干净净的女孩。这是一个文静而瘦弱的女孩。

这个女孩没有妈妈。她妈妈两年前得病死了。爸爸要到干校，只好将她带在身边，一同从城市来到大麦地。除了爸爸，她甚至没有一个亲戚，因为她的父母都是孤儿。爸爸无论走到哪，都得将她带在身边。

葵花还小，她不会去想象未来会有什么命运在等待着她、她与对岸的大麦地又会发生什么联系。

刚来的那些日子，她对周围的一切都充满了新鲜感。

好大一个芦苇荡啊！

好像全部世界就是一个芦苇荡。

她个子矮，看不到远处，就张开双臂，要求爸爸将她抱起来。爸爸弯腰将她抱起，举得高高的："看看，有边吗？"

一眼望不到边。

那是初夏，芦苇已经长出长剑一般的叶子，满眼的绿。爸爸曾经带她去看过大海。她现在见到了另一片大海，一片翻动着绿色波涛的大海。这片大海散发着好闻的清香。她在城里吃过由芦苇叶裹的粽子，她记得这种清香。但那清香只是淡淡的，哪里比得上她现在所闻到的。清香带着水的湿气，包裹着她，她用鼻子用力嗅着。

"有边吗？"

她摇摇头。

起风了，芦苇荡好像忽然变成了战场，成千上万的武士，挥舞着绿色的长剑，在天空下有板有眼地劈杀起来，四下里发出沙拉沙拉的声音。

一群水鸟惊恐地飞上了天空。

葵花害怕了，双手搂紧了爸爸的脖子。

大芦苇荡，既吸引着葵花，也使她感到莫名的恐惧。她总是一步不离地跟随着爸爸，生怕自己被芦苇荡吃掉似的。特别是大风天，四周的芦苇波涛汹涌地涌向天边，又从天边涌向干校时，她就会用手死死地抓住爸爸的手或是他的衣角，两只乌黑的眼睛，满是紧张。

然而，爸爸不能总陪着她。爸爸到这里来是要从事劳动的，并且要从事繁重的体力劳动。爸爸要割芦苇，要与很多人一起，将苇地变成良田，变成一方方鱼塘。天蒙蒙亮，芦苇荡里就会响起起床的号声。那时，葵花还在梦中。爸爸知道，当她醒来看不到他时，她一定会害怕，一定会哭泣。但，爸爸又舍不得将她从睡梦中叫醒。爸爸会用因劳动而变得粗糙的手，轻轻抚摸她细嫩而温暖的面颊，然后叹息一声，拿着工具，轻轻将门关上，在朦胧的曙色中，一边在心里惦着女儿，一边与很多人一起，走向工地。晚上收工，常常已是月光洒满芦荡时。在这整整一天的时间里，葵花只能独自走动。她去鱼塘边看鱼，去食堂看炊事员烧饭，从这一排房子走到另一排房子。大部分的门都锁着，偶尔有几扇门开着——或许是有人生病了，或许是有人干活的地点就在干校的院子里。那时，她就会走到门口，朝里张望着。也许，屋里会有一个无力却又亲切的声音招呼她："葵花，进来吧。"葵花站在门口，摇摇头。站了一阵，她又走向另外的地方。

　　有人看到，葵花常常在与一朵金黄的野菊花说话，在与一只落在树上的乌鸦说话，在与叶子上几只美丽的瓢虫说话……

　　晚上，昏暗的灯光下，当爸爸终于与她会合时，爸爸的心里会感到酸溜溜的。一起吃完晚饭后，爸爸又常常不得不将她一人撇在屋子里——他要去开会，总是开会。葵花搞不明白，这些大人白天都累了一天了，晚上为什么还要开会。如果不去开会，爸爸就会与她睡在一起，让她枕在他的胳膊上，给她讲故事。那时，屋子外面，要么是寂静无声，要么就是芦苇被风所吹，沙沙作响。离开爸爸，已经一天了，她会情不自禁地往爸爸身上贴去。爸爸就会不时地用力搂抱一下她，这使她感到十分的惬意。熄了灯，父女俩说着话，这是一天里最温馨美好的时光。

　　然而，过不了一会儿，疲倦就会沉重地袭来，爸爸含糊了几句，终于不敌疲倦，打着呼噜睡着了。而那时的葵花，还在等着爸爸将故事讲下去。她是一个乖巧的女孩。她不生爸爸的气，就那样骨碌着眼睛，安静地枕在爸爸的胳膊上，闻着他身上的汗味，等着瞌睡虫向她飞来。在这个等待的过程中,她会伸出小手,在爸爸胡子拉碴的脸上轻轻抚摸着。

远处,隐隐约约地有狗叫,似乎是从大河对岸的大麦地传来的,又像是从远处的油麻地或是更远处的稻香渡传来的。

日子就这样一天一天地流淌着。

接下来的日子里,葵花最喜欢的一个去处就是大河边。

一天的时间里,她将大部分时间用在了对大麦地村的眺望上。

大麦地是一个很大的村庄,四周也是芦苇。

炊烟、牛鸣狗叫、欢乐的号子声……所有这一切,对小姑娘葵花而言,都有不可抵挡的魅力,尤其是孩子们的身影与他们的欢笑声,更使她着迷。

那是一个欢乐的、没有孤独与寂寞的世界。

大河,一条不见头尾的大河。流水不知从哪里流过来,也不知流向哪里去。昼夜流淌,水清得发蓝。两岸都是芦苇,它们护送着流水,由西向东,一路流去。流水的哗哗声与芦苇的沙沙声,仿佛是在情意绵绵地絮语。流水在芦苇间流动着,一副耳鬓厮磨的样子。但最终还是流走了——前面的流走了,后面的又流来了,没完没了。芦苇被流水摇动着,颤抖的叶子,仿佛被水调皮地胳肢了。天天、月月、年年,水与芦苇就这样互不厌烦地嬉闹着。

葵花很喜欢这条大河。

她望着它,看它的流动,看它的波纹与浪花,看它将几只野鸭或是几片树叶带走,看大小不一的船在它的胸膛上驶过,看中午的阳光将它染成金色,看傍晚的夕阳将它染成胭脂色,看无穷多的雨点落在它上面,溅起点点银色的水花,看鱼从它的绿波中跃起,在蓝色的天空,画出一道优美的弧,然后跌落下去……

河那边是大麦地。

烟村

烟村

葵花坐在大河边的一棵老榆树下,静静地眺望着。

过路的船上,有人看到那么一条长长的岸上,坐了一个小小的女孩,心里就会觉得天太大了,地太大了,太大的天与太大的地之间太空了……

3

葵花走到了大河边。

大麦地像一艘巨大的船,停泊在对岸的芦苇丛里。

她看到了高高的草垛,它们像小山,东一座西一座。她看到了楝树。楝树正在开放着淡蓝色的小花。她看不清花,只能看见一团团的淡蓝色,它们像云轻轻笼罩在树冠上。她看见了炊烟,乳白色的炊烟,东一家西一家的炊烟,或浓或淡,飘入天空,渐渐汇合在了一起,在芦苇上空飘动着。

狗在村巷里跑着。

一只公鸡飞到了桑树上,打着鸣。

到处是孩子们咯咯的笑声。

葵花想见到大麦地。

老榆树上拴着一条小船。葵花一到河边,就已经看到它。它在水面上轻轻晃动着,仿佛是要让葵花注意到它。

葵花的眼睛不再看大河与大麦地,只看船。心中长出一个念头,就像潮湿的土地上长出一棵小草。小草在春风里摇摆着,一个劲地在长,在长。一个念头占满了葵花的心:我要上船,我要去大麦地!

她不敢,可又那么渴望。

她回头看了看被远远抛在身后的干校,然后紧张但又很兴奋地向小船靠拢过去。

没有码头，只有陡峭但也不算特别陡峭的堤坡。她不知道是面朝大河还是面朝堤坡滑溜到水边。踌躇了一阵，最后选择了面朝堤坡。她用双手抓住岸上的草，试探着将双脚蹬到坡上。坡上也长着草，她想：我可以抓着草，一点儿一点儿地滑溜到水边。她的动作很慢，但还算顺利，不一会儿，她的脑袋就低于河岸了。

有船从河面上行过，船上的人见到这番情景，有点儿担忧。但只是远远地望着，一边在心里担忧着，一边任由船随风漂去。

她慢慢滑溜到堤坡中间的地方，这时，她已浑身是汗。流水哗哗，就在脚下。她害怕了，一双小手死死揪住堤坡上的草。

一只帆船行过来，掌舵的人看到一个孩子像一只壁虎一般贴在堤坡上，不禁大声地喊道："谁家的孩子？"又想，别惊动了她，就不敢喊第二声了，心悬悬地看着，直到看不见这个孩子，心还是悬悬的。

大河那边，一条水牛在哞哞地叫，像工厂里拉响的汽笛。

就在此时，葵花脚下的浮土松动了，她急速向下滑动着。她用手不停地抓着草，但那些草都是长在浮土里的，被她连根拔了起来。她闭起双眼，心里充满恐惧。

但她很快觉得自己的身体在堤坡上停住了——她的脚踩到了一棵长在堤坡上的矮树。她趴在堤坡上半天不敢动弹。脚下的水流声，明显地变大了。她仰头看了看岸，岸已高高在上。她不知道是爬上去还是继续滑下去。她只想看到这时岸上出现一个人，最好是爸爸。她将脸伏在草丛中，一动也不动。她在心里想着爸爸。

太阳升高了，她觉得后背上暖烘烘的。

轻风沿着堤坡的斜面刮过来，在她的耳边响着，像轻轻的流水声。

她开始唱歌。这首歌不是她从城里带来的，而是她向大河那边的女孩们学得的。那天，她坐在岸上，就听见对面芦苇丛里有女孩儿在唱歌。她觉得那歌很好听。她想看到她们，却又看不到——她们被芦苇挡着。偶尔，她会看到她们的身影在芦苇之间的空隙间闪动一下。一闪而过，红色的，或是绿色的衣服。她们好像在剥芦苇叶。不一会儿，她就将这首歌记住了。她在这边，她们在那边。她与她们一起唱着。

她又唱起来，声音颤颤抖抖的：

  粽子香，
  香厨房。
  艾叶香，
  香满堂。
  桃枝插在大门上，
  出门一望麦儿黄。
  这儿端阳，
  那儿端阳……

声音很小，都被潮湿的泥土吸走了。

她还是想上船，想去大麦地。她又试探着向下滑溜，不一会儿，她的双脚就踩在了松软的河滩上。一转身，就已经在水边。她向前走了几步，正有水漫上来，将她的双脚漫了，一股清凉爬满了她的全身，她不禁吐了一下舌头。

小船在有节奏地晃动着。

她爬上了小船。她不再急着去大麦地了，她要在小船上坐一会儿。多好啊！她坐在船舱的横梁上，随着小船的晃动，心里美滋滋的。

大麦地在呼唤着她，大麦地一辈子都要呼唤着她。

她要驾船去大麦地，而直到这时，她才发现这小船上既没有竹篙也没有桨。她不禁抬头看了一眼缆绳：它结结实实地拴在老榆树上。她吐了一口气：幸亏缆绳还拴着，要是先解了缆绳，这只小船就不知道要漂到什么地方去了！

今天去不了大麦地了。望望对岸，再望望这只没有竹篙与桨的空船，她心里一阵惋惜。她只能坐在船上，无可奈何地看着大麦地上空的炊烟，听着从村巷里传来的孩子们的吵闹声。却不知什么时候，葵花觉得船似乎在漂动。她一惊，抬头一看，那缆绳不知什么时候从老榆树上散开了，小船已漂离岸边好几丈远，那缆绳像一条细长的尾巴，拖在小船的后头。

她紧紧张张地跑到船的尾部，毫无意义地收着缆绳。终于知道毫无意义后，她手一松，缆绳又掉入水中，不一会儿，又变成了一条细长的尾巴。

这时，她看到岸上站着一个男孩。

一个十一二岁的男孩，正朝葵花坏坏地笑着。日后，葵花知道了他的名字：嘎鱼。

嘎鱼是大麦地的，他家祖祖辈辈养鸭。

葵花看到，一群鸭子，正像潮水一般，从芦苇丛里涌出，涌到了嘎鱼的脚下，拍着翅膀，嘎嘎嘎地叫成一片，一时间，景象好不热闹。

她想问他：你为什么要解开缆绳？但她没有问，只是无助地望着他。

她的目光没有得到嘎鱼的回应，倒让他更加开心地咯咯咯地笑着。在他的笑声中，他率领的成百上千只鸭，沿着堤坡，摇摇晃晃，跌跌撞撞地下河了，它们中间聪明的，就拍着翅膀，直接飞入河里，激起一团团水花。

雨后的大河，水既满又急，小船横着漂在水面上。

葵花望着嘎鱼，哭了。

嘎鱼双腿交叉着站在那里，双手交叉地放在赶鸭用的铲子的长柄的柄端，再将下巴放在手背上，用舌头不住地舔着干焦的嘴唇，无动于衷地看着小船与葵花。

倒是鸭子们心眼好，朝小船急速地游去。

嘎鱼见了，用小铁铲挖了一块泥，双手抓着近一丈长的长柄，往空中一挥，身子一仰，再奋力一掷，那泥块不偏不倚地砸在了最前面一只鸭子的面前，那鸭子一惊，赶紧掉转头，拍着翅膀，嘎嘎一阵惊叫，向相反的方向游去，跟着后头的，也都呼啦啦掉转头去。

葵花向四周张望，不见一个人影，哭出了声。

嘎鱼转身走进芦苇丛，从里面拖出一根长长的竹篙。这竹篙大概是船的主人怕人将他的船撑走而藏在芦苇丛里的。嘎鱼朝小船追过来，做出要将竹篙扔给葵花的样子。

葵花泪眼朦胧，感激地看着他。

嘎鱼追到距离小船最近的地方时，从岸上滑溜到河滩上。他走进水中，将竹篙放在水面上，用手轻轻往前一送，竹篙的另一头几乎碰到小船了。

葵花见了，趴在船帮上，伸出手去够竹篙。

就当葵花的手马上就要抓到竹篙时，嘎鱼一笑，将竹篙又轻轻抽了回来。

葵花空着手，望着嘎鱼，水珠从她的指尖一滴一滴地滴落在水里。

嘎鱼装出一定要将竹篙交到葵花手中的样子，拿着竹篙跟着小船走在浅水里。

嘎鱼选择了一个恰当的距离，再一次将竹篙推向小船。

葵花趴在船帮上，再一次伸出手去。

接下来的时间里,每当葵花的手就要抓到竹篙时,嘎鱼就将竹篙往回一抽——也不狠抽,只抽到葵花的手就要碰到却又碰不到的样子。而当葵花不再去抓竹篙时,嘎鱼却又将竹篙推了过来——一直推到竹篙的那端几乎就要碰到小船的位置上。

葵花一直在哭。

嘎鱼做出一副非常真诚地要将竹篙递到葵花手中的样子。

葵花再一次相信了。她看到竹篙推过来时,最大限度地将身子倾斜过去,企图一把抓住它。

嘎鱼猛一抽竹篙,葵花差一点跌落在水中。

嘎鱼望着被他一次又一次地戏弄的葵花,大声笑起来。

葵花坐在船舱的横梁上哭出了声。

嘎鱼看到鸭子们已经游远了,收回竹篙,然后用它的一端抵着河滩,脚蹬堤坡,将竹篙当着攀援物,三下两下地就爬到了岸上。他最后看了一眼葵花,拔起竹篙,然后将它重又扔进芦苇丛里,头也不回地追他的鸭群去了……

4

小船横在河上,向东一个劲地漂去。

葵花眼中的老榆树,变得越来越小了。干校的红瓦房也渐渐消失在千株万株的芦苇后面。她害怕到没有害怕的感觉了,只是坐在船上,无声地流着眼泪。眼前,是一片朦朦胧胧的绿色——那绿色像水从天空泻了下来。

水面忽然变得开阔起来,烟雾濛濛的。

"还要漂多远呢?"葵花想。

偶尔会有一艘船行过。那时，葵花呆呆的，没有站起来向人家一个劲地挥手或呼喊，却依然坐着，弧度很小地向人家摆摆手，人家以为这孩子在大河上漂船玩耍，也就不太在意，疑惑着，继续赶路。

葵花哭着，小声地呼唤着爸爸。

一只白色的鸟，从芦苇丛里飞起，孤独地飞到水面上。它好像感觉到了什么，就在离小船不远的地方，低空飞翔着，速度很缓慢。

葵花看到了它的一对长翅，看到了它胸脯上的细毛被河上的风纷纷掀起，看到了它细长的脖子、金黄的嘴巴和一双金红色的爪子。

它的脑袋不时地歪一下，用褐色的眼睛看着她。

船在水上漂，鸟在空中飞。天地间，一派无底的安静与寂寞。

后来，这只鸟竟然落在了船头上。

好大的一只鸟，一双长脚，形象很孤傲。

葵花不哭了，望着它。她并不惊讶，好像早就认识它。一个女孩，一只鸟，在空阔的天底下，无言相望，谁也不去惊动谁。只有大河纯净的流水声。

鸟还要赶路，不能总陪着她。它优雅地点了一下头，一拍翅膀，斜着身体，向南飞去了。

葵花目送它远去后，掉头向东望去：大水茫茫。

她觉得自己应该哭，就又哭了起来。

不远处的草滩上，有个男孩在放牛。牛在吃草，男孩在割草。他已经注意到从水上漂来的小船，不再割草，抓着镰刀，站在草丛里，静静地眺望着。

葵花也已经看到了牛与男孩。虽然她还不能看清那个男孩的面孔，但她心里无理由地涌起一股亲切，并在心中升起希望。她站了起来，无声地望着他。

河上的风，掀动着男孩一头蓬乱的黑发。他的一双聪慧的眼睛，在不时耷拉下来的黑发里，乌亮地闪烁着。当小船越来越近时，他的心也一点一点地紧张起来。

那头长有一对长长犄角的牛，停止了吃草，与它的主人一起，望着小船与女孩。

男孩第一眼看到小船时，就已经知道发生了什么。随着小船漂近，他从地上捡起牛绳，牵着牛，慢慢地往水边走着。

葵花不再哭泣，泪痕已经被风吹干，她觉得脸紧绷绷的。

男孩抓住牛脊背上的长毛，突然跳起，一下子就骑到了牛背上。

他俯视着大河、小船与女孩，而女孩只能仰视着他。那时，蓝色的天空衬托着他，一团团的白云，在他的背后涌动着。她看不清他的眼睛，却觉得那双眼睛特别地亮，像夜晚天空的星星。

葵花从心里认定，这个男孩一定会救助她。她既没有向他呼救，也没有向他做出任何求救的动作，而只是站在船上，用让人怜爱的目光，很专注地看着他。

男孩用手用力拍了一下牛的屁股，牛便听话地走入水中。

葵花看着。看着看着，牛与男孩一点一点地矮了下来。不一会儿，牛的身体就完全地沉没在了河水里，只露出耳朵、鼻孔、眼睛与一线脊背。男孩抓着缰绳，骑在牛背上，他的裤子浸泡在了水中。

船与牛在靠拢，男孩与女孩在接近。

男孩的眼睛出奇地大，出奇地亮。葵花一辈子都会记住这双眼睛。

当牛已靠近小船时，牛扇动着两只大耳朵，激起一片水花，直溅了葵花一脸。她立即眯起双眼，并用手挡住了脸。等她将手从脸上挪开再睁开双眼时，男孩已经骑着牛到了船尾，并且一弯腰，动作极其机敏地抓住了在水里飘荡着的缆绳。

小船微微一颤，停止了漂流。

男孩将缆绳拴在了牛的犄角上，回头看了一眼葵花，示意她坐好，然后轻轻拍打了几下牛的脑袋，牛便驮着他，拉着小船朝漂来的方向游去。

葵花乖巧地坐在船的横梁上。她只能看到男孩的后背与他的后脑勺——圆溜溜、十分匀称的后脑勺。男孩的背挺得直直的，一副很有力量的样子。

水从牛的脑袋两侧流过，流到脊背上，被男孩的屁股分开后，又在男孩的屁股后汇拢在一起，然后滑过牛的尾部，与小船轻轻撞击着，发出咕嘟咕嘟的声音。

牛拉着船，以一种均匀的速度，向老榆树行驶着。

葵花早已不再惊恐，坐在那里，竟很兴奋地看着大河的风景：

太阳照着大河，水面上有无数的金点闪着光芒。这些光芒，随着水波的起伏，忽生忽灭。两岸的芦苇，随着天空云彩的移动，一会被阳光普照，一会又被云彩的阴影遮住。云朵或大或小，或远或近，有时完全遮蔽了太阳，一时间，天色暗淡，大河上的光芒一下全都熄灭了，就只有蓝汪汪的一片，但又不能长久地遮住，云去日出，那光芒似乎更加明亮与锐利，刺得人眼睛不能完全睁开。有些云朵只遮住太阳的一角，芦苇丛就亮一片，暗一片，亮的一片，绿得翠生生的，而暗的一片，就是墨绿，远处的几乎成了黑色。云、阳光、水与一望无际的芦苇，无穷无尽地变幻着，将葵花迷得定定的。

牛哞地叫了一声，她才又想起自己和自己的处境来。

从水上漂过来一支长长的带有一穗芦花的芦苇。男孩身体一倾，将它抓住了，并将它举在了手中。那潮湿的芦花先是像一支硕大的毛笔指着蓝天，一会儿被风吹开，越来越蓬松。阳光照着它，银光闪闪。他就这样像举着一面旗帜一般，一直举着它。

在快接近老榆树时，嘎鱼与他的鸭群出现了。嘎鱼撑着一只专门用来放鸭的小船，随心所欲地在水面上滑动着。见到牛与小船，他前仰后合地笑起来。他的笑声是从嗓子眼里发出的，很像鸭群中的公鸭所发出的鸣叫。后来，他就侧着身子躺在船舱里，将头扬起，不出声地看着：看看船，看看牛，看看男孩，看看女孩。

男孩根本不看嘎鱼，只管稳稳地骑在牛背上，赶着他的牛，拉着小船行向老榆树。

老榆树下，站着葵花的爸爸。他焦急地观望着。

男孩站在牛背上将小船重新拴在了老榆树上，然后从牛背上下来，用手抓住小船的船帮，让小船一直紧紧地靠在岸上。

葵花下了船，从河坡往上爬着，爸爸弯腰向她伸出手来。

坡上尽是浮土，葵花一时爬不上去。男孩走过来，用双手托着葵花的屁股，用力往上一送，就将她的双手送到了葵花爸爸的大手里。爸爸用力一拉，葵花便登到了大堤上。

葵花抓着爸爸的手，回头望望男孩，望望牛和船，哭了，一时泪珠滚滚。

爸爸蹲下，将她搂到怀里，用手轻轻地拍着她的后背。这时，他看到了男孩仰起的面孔。他的心不知被什么敲打了一下，手在葵花的背上停住了。

男孩转身走向他的牛。

葵花的爸爸问："孩子，你叫什么名字？"

男孩回过头来望着葵花父女俩，却什么也没说。

"你叫什么名字？"葵花的爸爸又问了一句。

不知为什么，男孩忽然变得满脸通红，低下头去了。

放鸭的嘎鱼大声说:"他叫青铜,他不会说话,他是个大哑巴!"

男孩骑上了他的牛,并将牛又赶入水中。

葵花与爸爸一直目送着他。

在回干校的路上,葵花的爸爸似乎一直在想什么。快到干校时,他却又拉着葵花的手,急匆匆地回到了河边。那时,男孩与他的牛早无影无踪了。嘎鱼与他的鸭群也不在了,只有空荡荡的大河。

晚上熄了灯,葵花的爸爸对葵花说:"这孩子长得怎么这样像你哥哥?"

葵花听爸爸说起过,她曾经有过一个哥哥,三岁时得脑膜炎死了。她没有见过这个哥哥。当爸爸说这个男孩长得像她那个已不在这个世界上的哥哥后,她的头枕着爸爸的胳膊,两只眼睛在黑暗里久久地睁着。

远处,是大河传来的隐隐约约的水声和大麦地的狗吠声……

选自长篇小说《青铜葵花》

葵 花 田

1

青铜五岁那年的一天深夜,他正在甜蜜的熟睡中,忽然被妈妈从床上抱了起来。他感觉到自己在妈妈的怀抱里颠簸着,并模模糊糊地听到了妈妈急促的呼吸声。时值深秋,夜晚的室外,凉气浓重,他终于在妈妈的怀抱里醒来了。

四周是一片恐怖的叫喊声。

青铜看到天空是红色的,像布满霞光。

远远近近,所有的狗都在狂吠,显得不安而极度狂躁。

哭爹叫娘声与杂乱的脚步声交织在一起,将秋夜的宁静彻底粉碎了。

有人在声嘶力竭地叫喊:"芦荡着火了!芦荡着火了!"

人们纷纷从家中跑出,正在向大河边逃跑。大人抱着小孩,大孩子拉着小孩子,年轻人搀扶着或背着老年人,一路上跌跌撞撞。

跑出大麦地村时,青铜看到了可怕的大火。无数匹红色的野兽,正呼啸着,争先恐后,痉挛一般扑向大麦地村。他立即将脸紧紧伏在妈妈的胸膛上。

妈妈感觉到青铜在她怀里哆嗦,一边跑,一边用手不住地拍着他的后背:"宝宝,别怕;宝宝,别怕……"

无数的小孩在哭叫。

主人一时来不及去解开拴在牛桩上的牛,它们看到大火,就拼命挣扎,或是将牛桩拔起,或是挣豁了穿缰绳的鼻子,在被火光照亮的夜空下,横冲直撞,成了一头头野牛。

鸡鸭在夜空下乱飞。猪哼唧着,到处乱窜。山羊与绵羊,或是混在人群里跟着往大河边跑,或是在田野上东奔西窜,有两只羊竟向大火跑去。一个孩子,大概看到了那是他家的羊,掉头要去追羊,被大人一把抓住,并且遭到一顿骂:"你想找死吗?!"那孩子没有办法,一边哭着,一边望着自家的羊在往大火里跑。

青铜的爸爸在逃离大麦地时,家里什么东西也没有拿,只牵了那头牛。那是一条健壮而听话的牛。当它还是小牛犊时,就来到了青铜家。那时,它身上长满了癞疮。青铜家的人对它都很好。他们给它吃最新鲜、最好的青草,他们每天给它用大河里的清水擦拭身子,他们还采回药草捣成汁涂在它的癞疮上。不久,它的癞疮就被治好了。现在,它是一条油光水滑的牛。它没有像其它的牛那样疯了似地乱跑,而是很安静地跟着主人。他们是一家子,危难之际,一家子得好好待在一起。青铜的奶奶走得慢一些,牛会不时地停下来等她。他们一家五口,紧紧地走在一起,胡乱奔跑的人群与牛羊,都不能使他们分开。

钻在妈妈怀抱里的青铜,偶尔会扭过头来看一眼。他看到,大火已经扑到了大麦地村边。

坐落在村子前面的房屋,被火光照成一座座金屋。秋后的芦苇,干焦焦的,燃烧起来非常疯狂,四下里一片劈劈啪啪的声音,像成千上万串爆竹在炸响,响得人心里慌慌的。几只鸡飞进了火里,顿时烧成金色的一团，不一会儿就坠落在了灰烬里。一只兔子在火光前奔跑，火伸着长长的舌头，一次又一次要将它卷进火中。它跳跃着，在火光的映照下，它的身影居然有马那么大，在黑色的田野上闪动着。最终，它还是被大火吞没了。人们并没有听到它痛苦的叫喊，但人们却又仿佛听到了，那是一种撕心裂肺的叫喊。只一刹那间，它便永远地从这个世界上消失了。

几只羊，却朝着大火奔去。

看见的人说："这羊，傻啊！"

村子前面的房屋已经烧着了。一群鸭子飞起来，几只落进火里，几只飞进了黑苍苍的天空。

青铜再次将脸贴到妈妈的胸膛上。

大麦地的人都逃到了大河边，几只船在水面上来来回回，将人运送到对岸——火是过不了这条大河的。谁都想往船上爬，不时地，就有人跌落在水中。叫声、骂声、哭声在夜空下响成一片。有些会水的，看看指望不上船了，就将衣服脱下举在手中，向对岸游去了。其中一个做爸爸的还让四五岁的儿子骑在脖子上。儿子看着一河流动的水，一边死死抱住爸爸的头，一边哇哇大哭。爸爸不管，一个劲地向对岸游去。到了对岸，儿子从爸爸的脖子上下来后，不哭也不闹，只是愣神——他已被吓坏了。

火像洪流，在大麦地村的一条又一条村巷里滚动着。不一会儿，整个村庄就陷入了一片火海。

青铜的爸爸好不容易才将青铜的奶奶安排到一条船上，然后他将牛牵到水边。那牛知道自己此时此刻该做些什么，也不用主人指点便走进水里。青铜的妈妈怀抱青铜，青铜的爸爸扶着她，让她骑到牛背上，然后手握缰绳，与牛一起游向对岸。

青铜一直就在妈妈的怀里瑟瑟发抖。

黑暗中,不知谁家有个孩子跌落到了水里,于是响起一片惊叫声与呼救声。夜色茫茫,哪里去寻觅这个孩子?也许他在落水后,脑袋几次冒出了水面,却没有被人看到。大火还在向这边烧过来,大家都要抓紧时间过河,一边叹息着,一边在焦急地等待空船,没有几个人下河去救那个孩子。而正在船上的,就更顾不得了。那孩子的妈妈歇斯底里地哭喊着。那喊声像要把天空撕破。

天将亮时,过了河的大麦地人看到,那火在将河岸烧得光溜溜的之后,终于慢慢地矮了下去。

大麦地成了一片凄惨的黑色。

青铜在妈妈的怀抱里先是发冷,等大火熄灭之后,就开始发热发烧。此后,高烧一直持续了五天。等体温恢复正常,青铜看上去,除了瘦了许多,本来就大的眼睛显得更大外,其他倒也一切正常。但家里人很快发现,这个本来说话流利的孩子已成了一个哑巴。

2

从此,青铜的世界改变了。

当同岁的孩子到了年龄都去上学时,他却没有上学。不是他不想上学,而是学校不收。看着大麦地的孩子们一个个都背着书包、欢天喜地地去学校读书,青铜只能远远地站在一边看着。每逢这个时候,就会有一只手轻轻抚摸着他的头——那是奶奶的手。奶奶不说话。她知道孙子心里在想什么。她就这样,用她那双皱皱巴巴的、有点儿僵硬的手,在他的头上一遍又一遍地抚摸着。最后,青铜会将手伸给奶奶。奶奶就拉着他的手,转身往家走,或是到田野上去。奶奶陪着她,看水渠里的青蛙，看河边芦叶上的"纺纱娘"，看水地里几只高脚鸟，看河上的帆船，看河边上旋转不停的风车……大麦地的人总是见到奶奶与青铜在一起。奶奶走到哪儿，就把青铜带到哪儿。孙子已经够孤单的了，奶奶一定要好好陪着他。有时，奶奶看到孙子很孤单的样子，会背着孙子抹眼泪。而与孙子面对面时，奶奶总是显出很快乐的样子，仿佛这天地间装满了快乐。

爸爸妈妈整天在地里干活，他们根本无暇顾及青铜。

除了奶奶，与青铜最亲近的就是牛。每当牛被爸爸牵回家，他就会从爸爸手中接过牛绳，然后牵着它，到长有最丰美的青草的地方去。牛很顺从地跟着青铜，愿意被牵引到任何一个地方。大麦地人除了经常看到奶奶拉着青铜的手到处走动外，就是经常看到青铜牵着牛去吃草。这是大麦地的一道风景。这道风景，会使大麦地人驻足观望，然后在心中泛起一股淡淡的酸楚与伤感。

牛吃草，青铜就看它吃草。牛有一根长长的舌头，那舌头很灵巧，不住地将青草卷进嘴中。吃草的时候，它会不住地、很有节奏地甩动尾巴。最初，青铜只是让牛自己吃草，等他长大了一些之后，他就开始割草喂牛了。他割的草，都是特别嫩的草。牛是大麦地最健壮、最漂亮的牛。大麦地的人说这是青铜喂得好，或者说这是哑巴喂得好。但大麦地的人从不在青铜面前叫他哑巴，他们当面都叫他青铜。他们叫他青铜，他就朝他们笑，那种无心机的笑，憨厚的笑，很单纯很善良的笑，使大麦地人的眼睛与心都有点儿发酸。

放牛的青铜，有时会听到从学校传来的朗朗的读书声。那时，他就会屏住呼吸聆听。那读书声此起彼伏，在田野上飘荡着。他会觉得，那是世界上最好听的声音。他会痴痴地朝学校的方向望着。

那时，牛就会停止吃草，软乎乎的舌头，轻柔地舔着青铜的手。

有时，青铜会突然抱住牛的头哭起来，将眼泪抹在它的鬃毛里。

牛最愿意做的一件事就是将头微微低下，邀请青铜抓住它的犄角，踏着它的脑袋，爬到它的背上。它要让青铜高高在上，很威风地走过田野，走过无数双大麦地孩子的眼睛……

那时，青铜很得意。他稳稳地骑在牛的背上，一副旁若无人的样子。那时，他的眼睛里只有天空，只有起伏如波浪的芦苇，还有远处高大的风车。然而，当所有的目光都不在时，青铜挺直的腰杆就会变软，直到无力地将身体倾伏在牛的背上，任它将他随便驮到什么地方。

青铜很孤独。一只鸟独自拥有天空的孤独，一条鱼独自拥有大河的孤独，一匹马独自拥有草原的孤独。

却在这时，一个女孩出现了。

葵花的出现，使青铜知道了这一点：原来，他并不是世界上最孤独的孩子。

从此，青铜总牵着他的牛出现在大河边。

而葵花的爸爸总是说："去大河边玩吧。"

青铜与葵花都有了一个伴，虽然各自的伴都在对岸。

葵花坐在老榆树下，将下巴放在屈起的双膝之间，静静地望着对岸。

青铜看上去，与往常放牛也没有什么太大的区别，照样割他的草，照样指点牛该吃哪里的草不该吃哪里的草。但，他会不时地抬一下头，看一看对岸。

这是一个无声的世界。

清纯的目光越过大河，那便是声音。

日子一天一天地过去了，青铜觉得自己应该为对岸的葵花多做些事情。他应当为葵花唱支歌——大麦地的孩子们唱的歌，但他却无法唱歌。他应当问葵花："你想去芦荡捡野鸭蛋吗？"但他却无法向她表达。后来，他将他的这一边，变成了一个大舞台。他要在这个大舞台上好好地表演。

观众只有一个。这个观众似乎永远是那个姿势：将下巴放在屈起的双膝之间。

青铜骑到了牛背上，然后收紧缰绳，用脚后跟猛一敲牛的肚子，牛便沿着河岸飞跑起来。四蹄不停地掀动，将一块又一块泥土掀到空中。

葵花依然坐在那里，但脑袋却因目光的追随而慢慢地转动着。

牛在芦苇丛中跑动着，芦苇哗啦啦倒向两边。

就在葵花快要看不到青铜和牛的身影时，青铜却一收缰绳，掉转牛头，只见牛又咻通咻通地跑了回来。

这种跑动是威武雄壮、惊心动魄的。

有时，牛会哞地对天大吼一声，河水似乎都在发颤。

来回几次之后，青铜便翻身下牛，将手中缰绳随便一扔，躺到了草丛中。

牛喘息了一阵，扇动了几下大耳朵，便低下头去，安闲地吃着草。

就在一片安静之中，葵花听到了一种从未听到过的声音。那是青铜用芦苇叶做成的口哨发出的。这口哨就这样一直不停地吹着。

葵花抬头看看天空，一群野鸭正往西边飞去。

接下来，青铜又再次爬到牛背上。他先是吹着口哨，站在牛背上。牛开始走动，葵花担心他会从牛背上滑落下来，而青铜却始终稳稳当当地站着。

再接下来，青铜扔掉了口哨，竟然倒立在牛的脑袋上。他将两条腿举在空中，一会儿并拢在一起，一会儿分开。

葵花入迷地看着。

青铜突然地从牛的脑袋上滑落了下去。

葵花一惊，站了起来。

半天，青铜出现了。但却从头到脚一身烂泥——他跌到了一口烂泥塘里。脸上也都是泥，只有一双眼睛露在外面，样子很滑稽，葵花笑了。

一天过去了，当太阳沉到大河尽头的水面上时，两个孩子开始往家走。葵花一边蹦跳着，一边在嘴里唱着歌。青铜也唱着歌，在心里唱着……

3

夏天的夜晚，南风轻轻地吹着，葵花的爸爸闻到了一股葵花的香味。那香味是从大河那边的大麦地飘来的。在所有的植物中，爸爸最喜欢的就是向日葵。他非常熟悉葵花的气味。这种气味是任何一种花卉都不具备的。这种含着阳光气息的香味，使人感到温暖，使人陶醉，并使人精神振奋。

爸爸与葵花之间，是生死之约，是不解之缘。

作为雕塑家的爸爸，他一生中最成功的作品，就是葵花——用青铜制作成的葵花。他觉得，呈现葵花的最好材料就是青铜。它永远闪耀着清冷而古朴的光泽，给人无限的深意。暖调的葵花与冷调的青铜结合在一起，气韵简直无穷。一片生机，却又是一片肃穆，大概是爸爸最喜爱的境界。他在这个境界里流连忘返。

爸爸所在的那个城市，最著名的雕塑就是青铜葵花。

它坐落在城市广场的中央。这座城市的名字与青铜葵花紧紧地联系在了一起。青铜葵花，是这座城市的象征。

爸爸几乎所有的作品，都是青铜葵花，高的有一丈多，矮的，却只有几寸，甚至一寸左右。有单株的，有双株的，有三五株或成片的。角度各异，造型各异。它后来成了这个城市的装饰品。宾馆的大门上镶嵌着它，一些建筑的大墙上镶嵌着它，廊柱上镶嵌着它，公园的栏杆上镶嵌着它。再后来，它成了这座城市的工艺品。它们由大大小小的作坊制作而出，五花八门，但却一律为青铜，摆在商店的工艺品柜台上，供到这座城市游览的游客们购买。

爸爸尽管觉得这样未免太泛滥了，但他管不了这些。

爸爸对葵花的钟爱，导致了他为女儿起了一个乡下女孩的名字。但在爸爸的心目中，这是一个最好听的名字。他叫起来，觉得那么的亲切，那么的阳光四射、天下一派明亮。

女儿似乎也很喜欢这个名字。每当爸爸呼唤这个名字时，她听到了，就会大声地答道："爸爸，我在这儿哪！"有时，她自己称自己为葵花："爸爸，葵花在这儿哪！"

葵花成了爸爸灵魂的一部分。

现在，爸爸在这片荒凉的世界里，又闻到了葵花的气味。

大麦地一带夏天的夜晚，万物为露水所浸润，空气里飘散着各种各样的草木与花卉的香味。然而，爸爸的鼻子却就能在混杂的香味中准确地辨别出葵花的香味。他告诉女儿："不是一株两株，而是上百株上千株。"

葵花用鼻子嗅了嗅，却怎么也闻不到葵花的香味。

爸爸笑了，然后拉着葵花的手："我们去大河边。"

夜晚的大河，平静地流淌着。月亮挂在天空，水面上犹如洒满了细碎的银子。几只停泊在水上过夜的渔船，晃动着渔火。你看着那渔火，看着看着，渔火不再晃动，却觉得天与地、芦荡与大河在晃动。大麦地的夏夜，很梦幻。

爸爸嗅着鼻子，他更加清晰地闻到了从大河那边飘来的葵花香。

葵花好像也闻到了。

他们在河边上坐了很久，月亮西斜时，才往回走。那时，露水已经很浓重，空气中的香气也浓重起来。不知是因为困了，还是因为香气迷人，他们都有点儿晕乎乎的，觉得整个世界都影影绰绰、飘浮不定。

第二天一早，葵花醒来时，爸爸已经起床不知去了哪里。

4

太阳还未升起，爸爸就悄悄地起了床，拿了画夹，带上写生用的一切用物，循着已散发了一夜现在依然还在散发的葵花香味，渡过大河，去了大麦地。临出干校时，他将葵花托付给了看大门的丁伯伯——他是爸爸的好朋友。

爸爸穿过大麦地村，又穿过一片芦苇，忽地看到了一片葵花田。

这片葵花田之大，出乎意料。爸爸见过无数的葵花田，还从未见到过这么大的葵花田。当他登临高处，俯视这片似乎一望无际的葵花田时，他感到了一种震撼。

他找到了一个最满意的角度，支好画架，放下可以折叠的椅子，那时，太阳正在升起，半轮红日，犹如一朵硕大的金红色蘑菇，正在破土而出。

这是一种多么奇异的植物，一根笔直的有棱角的长茎，支撑起一个圆圆的花盘。那花盘微微下垂或是微微上扬，竟如人的笑脸。夜幕降临，月色朦胧，一地的葵花静穆地站立着，你会以为站了一地的人——一地的武士。

这片葵花田，原是由一片芦荡开垦出来的，土地十分肥沃，那葵花一株株，长得皆很健壮。爸爸从未见过如此高又如此粗的秆儿，也从未见过如此大又如此富有韧性的花盘。它们一只只竟有脸盆大小。

这是葵花的森林。

这森林经一夜的清露，在阳光还未普照大地之前，一株株都显得湿漉漉的。心形的叶子与低垂的花盘，垂挂着晶莹而多芒的露珠，使这一株株葵花都显得十分贵重。

太阳在不停地升起。

天底下，葵花算得上最具灵性的植物，它居然让人觉得它是有敏锐感觉的，是有生命与意志的。它将它的面孔，永远地朝着神圣的太阳。它们是太阳的孩子。整整一天时间里，它们都会将面孔毫不分心地朝着太阳，然后跟着太阳的移动，而令人觉察不出地移动。在一片大寂静中，它们将对太阳的热爱与忠贞，发挥到了极致。

爸爸一直在凝神观察着。他看到，随着太阳的升起，葵花低垂的脑袋，正在苏醒，并一点点地抬起来。所有的葵花都是如此。

太阳飘上了天空。

葵花扬起了面孔。那些花瓣，刚才还软沓沓的，得了阳光的精气，一会儿工夫，一瓣一瓣地舒展开来，颜色似乎还艳丽了一些。

爸爸看着这一张张面孔，心里涌起了一种感动。

太阳像一只金色的轮子。阳光哗啦啦泻向了葵花田。那葵花顿时变得金光灿烂。天上有轮大太阳，地上有无数的小太阳——一圈飘动着花瓣的小太阳。这大太阳与小太阳一俯一仰，虽是无声，但却是情深意长。那葵花，一副天真、一副稚气，又是一副固执、坚贞不二的样子。

爸爸真是由衷地喜欢葵花。

他想起了城市，想起了他的青铜葵花。他觉得，这天底下，只有他最懂得葵花的性情、品质。而眼前这片葵花，更使他激动。他似乎看到了更多不可言说的东西。他要用心去感悟它们，有朝一日，他重回城市时，他一定会让人们看到更加风采迷人的青铜葵花。

阳光变得越来越热烈，葵花也变得越来越热烈。太阳在燃烧，葵花的花瓣开始像火苗一样在跳动。

爸爸在画布上涂抹着。他会不时地被眼前的情景所吸引，而一时忘记涂抹。

这是一片富有魔力的葵花田。

中午时，太阳金光万道。葵花进入一天里的鼎盛状态，只见一只只花盘，迎着阳光，在向上挣扎，那一根根长茎似乎变得更长。一团团的火，烧在蓝天之下。四周是白色的芦花，那一团团火就被衬得越发地生机勃勃。

葵花田的上空，飘散着淡紫色的热气，风一吹，虚幻不定。几只鸟飞过时，竟然像飞在梦中一般。

爸爸不停地在纸上涂抹着，一张又一张。他不想仔细地去描摹它们。随心所欲地涂抹，倒更能将在他心中涌动的一切落实下来。

他忘记了女儿，忘记了已是吃午饭的时候，忘记了一切，眼前、心中，就只有这一片浩瀚的葵花田。

后来，他累了，将不断远游与横扫的目光收住。这时，他的目光只停留在了一株葵花上。他仔细地看着它——它居然是那样地经看：花盘优雅而丰厚，背大致看上去为绿色，但认真一看，中心地方竟是嫩白，像是人的肌肤，凝脂一般的肌肤。每一瓣花瓣，都有一片小小的叶托，那叶托为柔和的三角形，略比花瓣矮一些，一片连一片，便成了齿形，像花边。真是讲究得很。花盘并不是平平的一块，而是向中心逐步凹下去，颜色也是从淡到浓，最中心的为茸茸的褐色。就那么一株，却似乎让他读不尽。

爸爸感叹着:"造化啊!"

他一辈子与这样的植物联结在一起,也真是幸运。他想想,觉得自己很幸福,很富有。他仿佛看到自己的城市正在青铜葵花的映照下而生趣盎然。

在准备离开这片葵花田时,他忽然起了一个念头。他放下画夹,跳进了葵花田,并一直往前走去。那些葵花,一株株都比他高,他只能仰头去观望花盘。他在葵花田里走呀走呀,不一会儿就被葵花淹没了。

过了很久,他才从葵花田里走出,那时,他从头到脚,都是金黄色的花粉,眉毛竟成了金色。

几只蜜蜂,围绕着他的脑袋在飞翔,嗡嗡地鸣叫,使他有点发晕。

5

爸爸走过大麦地村时,脚步放慢了。

已是下午,人们都下地劳作去了,村巷里几乎空无一人,只有几条狗,在懒散地溜达着。

爸爸的感觉很奇怪,双脚好像被大麦地村的泥土粘住了,仿佛有一股神秘的力量要他停下来,好好看一看这个村庄。

这是一个很大的村庄,好像有十多条竖巷,又有无数条横巷。所有房屋的门都朝南开。这显然又是一个贫穷的村庄。这么大一个村庄,除了少数几户人家是瓦房,其余的都是草房子。夏天的阳光下,这些草房子在冒着淡蓝色的热气。不少座新房,是用麦秸盖的顶,此时,那麦秸一根根皆如金丝,在阳光下闪动着令人眩晕的光芒。巷子不宽,但一条条都很深,地面一律是用青砖铺就的。那些青砖似乎已经很古老了,既凹凸不平，又光溜溜的。

这是一个朴素而平和的村庄。

它既使爸爸感到陌生，又感到亲切。他心里好像有什么话要对这个村庄说，好像有件事情——很大的事情，要向这个村庄交待。但一切又是模模糊糊的。他走着，一条狗抬起头来看着他，目光很温和，全然不像狗的目光。他朝它点点头，它居然好像也朝他点了点头。他在心里笑了笑。有鸽群从村庄的上空飞过，一片片的黑影掠过一座座房子的房顶。它们在他的头顶上盘旋了几圈，不知落到谁家的房顶上去了。

他似乎走了很长时间，才走出这个村庄。回头一看，还是隐隐约约地觉得，好像要对这个村庄有一个嘱托。但，他又确实说不清要嘱托什么。他觉得自己心中的那番感觉，真是很蹊跷。

走完一片芦苇，他心中的那份奇异的感觉才似乎飘逝。

他来到大河边。他原以为会看到女儿坐在对岸的老榆树下的，却不见女儿的踪影。也许，她被那个叫青铜的男孩带到什么地方玩去了。他心里感到了一阵空落。不知为什么，他是那么急切地想看到女儿。他在心里责备着自己：一天里头，你与女儿待在一起的时间太少了；等有了点儿时间，你心里又总在想青铜葵花。他觉得自己有点儿对不住女儿。他心疼起来，同时有一股温馨的感觉像溪水一般，在他的心田里淙淙流淌。在等船过河时，他坐在岸边，从那一刻起，他心里就一直在回忆女儿。她三岁时，妈妈去世，此后，就是他独自一人拉扯着她。他的生命里似乎只有两样东西：青铜葵花与女儿。这是一个多么乖巧、多么美丽、多么让人疼爱的女儿啊！他一想起她来，心就软成一汪春水。一幕一幕的情景，浮现在他的眼前，与这夏天的景色重叠在一起：

天已很晚，他还在做青铜葵花。女儿困了。他将她抱到床上，给她盖上被子，然后一边用手轻轻拍打着，一边哄着她："葵花乖呀，葵花睡觉啦，葵花乖呀，葵花睡觉啦……"他心里却在惦记着还未做完的一件青铜葵花。女儿不睡，睁着眼睛，骨碌骨碌地看着。他一时无法将她哄入梦乡，只好放弃了，说："爸爸还要干活呢，葵花自己睡啦。"说完，便到工作间去了。葵花没有哭闹。他又干了一阵，想起女儿来，便轻手轻脚走到房间。走到房门口，他听到了女儿的声音："葵花乖呀，葵花睡觉啦，爸爸还要干活呢，葵花睡觉啦……"他探头望去，女儿一边自己在哄自己睡觉，一边用小手轻轻拍打着自己。拍打着拍打着，声音越来越小，越来越含糊不清了。她的小手放在胸前，像一只困倦极了的小鸟落在枝头——她睡着了，是自己哄着自己睡着的。回到工作间，他继续干他的活，其间想到了女儿的那副样子，情不自禁地笑了。

女儿有时会随便在一个什么地方，玩着玩着就睡着了。他抱她的时候，就觉得她软胳膊软腿的，像一只小羊羔。他将她放到床上时，常常会看到她的嘴角绽放出一个甜甜的笑，那笑就像水波一般荡漾开来。那时，他觉得女儿的脸，是一朵花，一朵安静的花。

外面响雷了，咔嚓一声。女儿钻到他怀里，并蜷起身子。他便用面颊贴着她的头，用大手拍着她颤抖不已的背说："葵花别怕，那是打雷，春天来啦。春天来了，小草就绿了，花就开了，蜜蜂和蝴蝶就回来了……"女儿就会慢慢安静下来。她就在他的胳膊上，将头慢慢转过来，看着窗外，那时，一道蓝色的闪电，正划破天空。她看到了窗外的树在大风中摇晃着，又一次将脸贴到他的胸膛上。他就再次安抚她，直到她不怕雷不怕闪，扭过脸去，战战兢兢地看着窗外雷电交加、漫天风雨的情景。

女儿就这样一天一天地长大了。

他比熟悉自己还要熟悉女儿。熟悉她的脸、胳膊与腿，熟悉她的脾气，熟悉她的气味。直到今天，她的身上还散发着淡淡的奶香味，尤其是在她熟睡的时候，那气味会像一株植物在夜露的浸润下散发气味一般，从她的身上散发出来。他会用鼻子，在她裸露在被子外面的脸上、胳膊上，轻轻地嗅着。他小心翼翼地将她的胳膊放进被窝里。他觉得女儿的肌肤，嫩滑嫩滑的，像温暖的丝绸。躺在床上，他本是在想青铜葵花的，但会突然地被一股疼爱之情猛地扑打心房，他不禁将怀中的女儿紧紧搂抱了一把，将鼻尖贴到女儿的面颊上，轻轻摩擦着。她的面颊像瓷一般光滑，使他感到无比的惬意。

他在给女儿洗澡，看到女儿没有一丝疤痕的身体时，心里会泛起一股说不出的感动。女儿像一块洁白无瑕的玉。他不能让这块玉有一丝划痕。然而女儿却并不爱惜自己，她不听话，甚至还很淘气，时不时的，胳膊划破了，手指头拉了一道口子，膝盖碰破了。有一回，她不好好走路，跌倒在路上，脸被砖头磕破，流出殷红的血来。他一边很生气，一边心疼得不行。他生怕她的脸上会落下疤痕——她是绝对不可以有疤痕的。那些天，他小心翼翼地护理着女儿的伤口，天天担心着，直到女儿的伤口长好，伤痕淡去，脸光滑如初，他才将心放下。

……

不知为什么，他此刻非常希望看到女儿。那种心情到了急切的程度，好像再看不到女儿，就永远也看不到了似的。似乎，他有话要对女儿说。

可葵花一直没有出现。

葵花真的与青铜去另外的地方玩耍了。

他似乎很喜欢青铜这个男孩。他希望这个男孩能常常带着他的女儿去玩耍。见到他们在一起，他心中有一种说不明白的踏实与放心。但此刻，他就是想见到女儿。

他看到河边上有条小船——他一到河边时，就已经看到这条小船了，但他没有打算用这条小船渡过河去。小船太小，他不太放心。他要等一条大船。然而，迟迟的，就是没有大船路过这里。看看太阳已经偏西，他决定就用这条小船渡河。

一切都很顺利，小船并没有使他感到太担忧，它载着他，载着他的画夹与其他用物，很平稳地行驶在水面上。这是他第一次驾船，感觉很不错。小船在水面上的滑行，几乎毫无阻力。他虽然不会撑船，但也能勉强使用竹篙。

他看到了高高的岸。

天空飞过一群乌鸦，在他的头顶上，忽然哇地叫了一声。声音凄厉，使他大吃一惊。他抬头去望它们时，正有一只乌鸦的粪便坠落下来。还未等他反应过来，那白色的粪便已经落到了他扬起的面孔上。

他放下竹篙，小心翼翼地蹲下，掬起一捧捧清水，将脸洗干净。就在他准备用衣袖去拭擦脸上的水珠时，他忽然看到了一番可怕的情景：

一股旋风，正从大河的那头，向这里旋转而来！

旋风为一个巨大的锥形。它大约是从田野上旋转到大河上的，因为在那个几乎封闭的却很透明的锥形中，有着许多枯枝败叶与沙尘。这些东西，在锥形的中央急速地旋转着。这个锥形的家伙好像有无比强大的吸力。一只正巧飞过的大鸟，一忽闪就被卷了进去，然后失去平衡，与那些枯枝败叶旋转在了一起。

这个锥形的怪兽正从空中逐渐下移，当它的顶端一接触到水面时，河面顿时被旋开一个口子，河水哗哗溅起，形成一丈多高的水帘，那水帘也是锥形。锥形的中间，一股河水喷发着升向高空，竟有好几丈高。

锥形怪兽一边旋转，一边向前，将河面豁开一条狭窄的峡谷。

恐惧使他瑟瑟发抖。

一忽儿的工夫，锥形怪兽就已经旋转到了小船停留的地方。还好，它没有拦腰袭击小船，只是波及到船头，将放在船头上的画夹猛地卷到了高空。因为画夹并不在锥形的中央，它被一股强大的气流猛地推开了。当锥形怪兽继续向前旋转时，空中的画夹像大鸟的翅膀一样张开了。随即，十多张画稿从夹子里脱落出来，飞满了天空。

他看到空中飘满了葵花。

这些画稿在空中飘飞着，最后一张张地飘落在水面上。说来也真是不可思议，那些画稿飘落在水面上时，竟然没有一张是背面朝上的。一朵朵葵花在碧波荡漾的水波上，令人心醉神迷地开放着。

当时的天空，一轮太阳，光芒万丈。

他忘记了自己是在一只小船上，忘记了自己是一个不习水性的人，蹲了下去，伸出手向前竭力地倾着身体，企图去够一张离小船最近的葵花。小船一下倾覆了。

他从水中挣扎出来。他看到了岸。他多么想最后看一眼女儿，然而，岸上却只有那棵老榆树……

6

阳光下的大河上，漂着葵花。

一条过路的船只，在远处目睹了一切。船上的人扯足大帆，将船向出事地点奋力驶来。然而，这段水面上，除了那条船底朝上的小船半沉半浮于水面，就是画夹、葵花以及其他用物在随波逐流，再也没有其他动静。船上人企图还想发现什么，用眼睛在水面上四处搜索着。

大河向东流动着，几只水鸟在低空盘旋着。

这条船上的人，就朝岸上奋力呼喊："有人落水啦！——有人落水啦！——"

干校那边与大麦地那边，都有人听到了。于是呼喊声一传十、十传百地传向人群集中的地方，不一会儿，大河两岸便呼喊声大作，无数的人分别从不同的方向朝出事地点跑来。

"谁落水了？""谁落水了？"

没有人知道谁落水了。

干校的人发现了画夹与画有葵花的画稿，一下子便确定了落水者。

那时，葵花正在干校的鱼塘边看青铜在水中摸河蚌。看到大人们往大河边跑，他们也跟着往大河边跑。葵花跑不快，青铜不时停下来等她，看她赶上来了，接着又往前跑。等他们跑到大河边，大河边上早站满了人，并有许多人跳进河里，正在扎猛子往水底下搜寻落水者。

葵花一眼就看到了在水面上漂动的画稿，这孩子立即大声叫道："爸爸！"她在人群里钻来钻去，不时地仰起脸来打量着那些大人的面孔，"爸爸！……"

干校的人发现了她，立即有人过来，将她抱住。她在那人的怀里拼命挣扎，两只胳膊在空中胡乱地挥舞不停："爸爸！爸爸！……"

她再也不可能听到爸爸的应答了。

干校的几个中年妇女簇拥着那个紧紧抱着葵花的男人，匆匆离开了大河边，往干校跑去。他们不愿让这个孩子目睹一切。他们一路上不住地哄着葵花，但无济于事。她哭闹着，眼泪哗哗地流淌。

青铜远远地跟着。

不一会儿，葵花的嗓子便哭哑了，直到完全发不出声来。冰凉的泪珠，顺着她的鼻梁，无声地流向嘴角，流到脖子里。她向大河边伸着手，不住地抽噎着。

青铜就一直站在干校的院墙下，一动也不动。

河上，有十几条大船小船，更有无数的人。人们动用了各种各样的搜寻办法，一直到天黑也未能搜寻到葵花的爸爸。

后来，搜寻工作持续了一个星期，但最终也未能找到。此后，也没有见到他的尸体。大河两岸的人都感到非常非常的奇怪。

在那些日子里，干校的几个中年妇女，轮番照应着葵花。

葵花不再哭泣了，苍白的小脸上，目光呆呆的，哀哀的。每当深夜听到葵花在睡梦中呼喊着爸爸时，看护她的人，就会情不自禁地流泪。

爸爸落水后的一周，葵花突然不见了。

干校的人全部行动起来，找遍了干校的每一个角落，也没有找到她。他们又把寻找的范围扩大到干校周围两里地，但也未能找到。有人说：是不是去了大麦地？于是就有人去了大麦地。大麦地的人听说小女孩不见了，也都纷纷行动起来，帮着寻找。但找遍了村里村外，也还是没有能够找到她。

就在人们感到绝望的时候，青铜仿佛忽然得到了某种召唤，纵身一跃，骑上了牛背，随即，冲开人群，沿着村前的大路，向前一路飞奔而去。

穿过一片芦苇，骑在牛背上的青铜看到了那片葵花田。

正午的太阳，十分明亮。阳光下的葵花田静悄悄地泛着金光。无数的蜂蝶，在葵花田里飞翔着。

青铜跳下牛背，扔掉缰绳，跑进了葵花田。稠密的葵花，使他只能看到很近的地方。他就不停地跑动着，直跑得呼哧呼哧的，满头大汗。

他在葵花田的深处，终于看到了葵花。

那时，她侧卧在几株葵花之间的一小块空地上，好像睡着了。

青铜跑出葵花地，爬到一个高处，向大麦地方向不住地挥着手。有人看到了，说："是不是找到她了？"于是，人们纷纷朝葵花田跑来。

青铜将人们带到了小女孩的身边。

暂时，谁也没有惊动她，人们只是围着她，静静地看着。

谁也不知道葵花是怎么渡过了大河，又是怎么来到葵花田的。

葵花认定爸爸哪儿也没有去，就在葵花田里。

有人将她从地上抱起。她微微睁开眼睛，喃喃自语着："我看见爸爸了。爸爸就在葵花田里……"

她两腮通红。

抱她的那个人用手一摸她的额头，惊叫了一声："这孩子的额头，滚烫！"

许多人护送着，咔通咔通的脚步声，响彻在通往医院的土路上。

那天下午，太阳被厚厚实实的乌云遮蔽住了，不一会儿，狂风大作，接着便是暴雨。傍晚风停雨歇时，只见一地的葵花，一株株皆落尽金黄的花瓣，一只只失去光彩的花盘，低垂着，面朝满是花瓣的土地……

选自长篇小说《青铜葵花》

哭泣的火焰

1

没有多少人知道，他们的大王熄，本是从地狱出逃到人世间的。

他瘸着腿，成功地统治这个世界，已经整整十个年头了。这是一个广袤无边的世界，作为大王，他并不太清楚它究竟有多大。他曾多次下令王国的专门机构测量与统计他到底拥有多少土地、百姓与城池，然而，每一次旷日持久、劳民伤财的测量与统计所得出的庞大数字，都不尽相同，甚至出入很大。这使他十分恼火。

这一回的测量与统计得出的数字，更是令人生疑。熄瘸着腿，在空大的宫殿里来回走动，挥舞着拳头，向无数匍匐在地上的各等属下嗷嗷咆哮："一群饭桶！一群蠢蛋！一群猪猡！一群废物！我要亲自将你们一个个狠狠扔进粪坑里去！不，扔进地狱的大门！"

像狂风暴雨过后倾伏在泥糊上的庄稼，属下们在他刺耳的吼声中不住地颤抖。

宫殿东侧，巨大的赭色墙壁下，巫师团的成员，一个个身着长达地面的黑袍，双臂垂直，面容阴沉，一排站着。

当瘸腿王用他结实的跛脚一连踢翻了脚下好几个属下后，大巫师蚯终于朝熄走去。由于步伐较快，他的黑袍所带起的地上的灰尘，在窗外照进的阳光下，如烟翻滚。

始终跟随着蚯的那只三脚猫，在灰尘中跳跃着。由于它皮毛的颜色与灰尘十分相似，因此它看上去像一团翻滚着的尘埃。

蚯走到熄的面前，望着那张因发怒而扭曲的面孔，双手一撩长袍，动作十分优雅地跪在了熄的脚下："大王，你应当高兴才是，因为你的天下已大得谁也无法说得清了。无边无际，无边无际啊，我的大王！"

这句话犹如酷暑后的第一缕凉爽的秋风吹拂着暴躁的熄，他心中顿时感到了一种舒坦与惬意。他停止了咆哮，哼唧着，一瘸一拐地坐回到高高在上的金色王座上。然后，挥了挥手，让巫师团成员以及属下们都统统退去。

一片沙沙声，是脚步声和衣服的摩擦声。

随着人影的离去，宫殿变得更加空大，空大到能听到空大的声音。

熄忽然感到有点儿孤独——孤独之中，忽然意识到了什么，歪头向西侧的大墙下看去——

橘营的女孩们还未离去。

她们身着一袭黑衣，但却在胸前的左上方绣了一朵橘红色的花，那花在黑色的映衬下显得十分炫目。

她们像往常一样，忠诚地守护着那把黑色的魔伞。魔伞装在一只上等紫檀木的盒子里。那盒子做工十分精致，于暗淡的天光中泛着清冷而油亮的光泽。女孩如花，目光清纯，天真无邪，神情执著，一个个都显出绝无旁骛之心的样子。她们心中只有庄严、崇高、寂静、安恬与神圣的责任，一个个微微上扬着美丽的下巴，流水一样的目光朝向窗外高阔的天空。

熄由衷地喜欢这些十五六岁的女孩，因为这些灵魂得以彻底洗刷的女孩们再也不能产生让他担忧的心机，她们的心已干净得像秋天的天空，绝无一丝瑕疵，除了那把魔伞，别无他物。

熄疼爱地摆了摆手，让她们也离去。

为首的女孩叫琼。她向橘营的女孩们发出指令，随着一个整齐划一的转身动作，她们守护着那只紫檀盒子，迈着节奏有力的步伐，走出了宫殿。

现在，就只剩下熄了。

宫殿彻底地空大了。

临近中午，春天的阳光正透过高窗，瀑布一般倾泻在他的身体以及金泽闪闪的王座上。

他用双手搬动那条瘸腿，将它安放在王座的扶手上，然后，将身体慵懒地摊放在王座上，慢慢合上双眼。世界渐渐暗淡下来，他仿佛又看到了深邃的地狱……

2

他已记不清楚自己在地狱中究竟生活了多少个年头。

在被打入地狱之前，他只是一个村庄里的屠夫。在有阳光与月光的世界里，他度过了五十多个春秋。鲜血淋漓的屠宰生涯中，他用锋利得使人胆战心惊的屠刀，宰杀了无数的牛马与猪羊。最后二十年，他的屠艺已炉火纯青。他总是一刀就能准确无误地刺穿那些牲口的心脏，从未失手。看到热血噗噗冒着气泡，呼呼顺着利刃涌流而出，转眼间染红了他的大手时，他觉得屠宰实在是一种壮丽而优美的职业。屠杀会使他高度亢奋，特别是在屠杀那些特大牲口时，更是如此。比如说屠杀一条健壮而勇猛的大牛。那牛看到他，似乎看到了死神的狰狞面孔，为逃脱这一劫，撒开四蹄奔跑起来，激起一团团的尘埃，天空好像下起了黄雾。他甩掉脚上的破鞋，赤脚站在尘土里，上身一丝不挂，长长的胸毛在大牛带起的湍急气流中如乱草一般起伏。他冷笑着，沉稳地握着那把尖尖的利刀，并不立即去追赶那条大牛，而只是用眼睛紧紧盯着它。大牛在厚厚的人墙中奔跑着，不一会儿，他的胸毛上就飘满了黄色的尘土。这时的大牛，嘴角已经开始泛出白沫。他一边用眼睛追随着大牛的身影，一边将刀在油腻的裤管上反复擦拭着。突然，他冲向大牛，并很快抓住它的犄角，双脚猛一蹬，翻上牛背。他用双腿紧紧夹住大牛的肚子，挺直了身子，并举起了刀。阳光下，刀子闪闪发光，不时地刺照着人们的眼睛。就这样，他骑在大牛的背上威风十足地兜上几圈后，慢慢伏下身子，用左胳膊一下子抱住牛的脖子，右手将刀子对准了大牛的心脏。他的眼睛离大牛的眼睛很近，他看到了牛的眼睛里汪满了泪水。这泪水使他热血沸腾，猛烈地撞击着他的心扉与脑门。他猛然将刀子插进了它的身体，一股鲜血喷出一丈余远，大牛随即双腿扑通跪地，一命呜呼。

但那一年的秋天，他终于失了一次手。他的利刃没有刺穿那头黑牛的心脏，而受伤的黑牛则将他掀翻在地，反过来用锋利的犄角挑破了他那颗扑通扑通的心脏。

他醒来时，已在阴风四起、空气中飘散着硫黄气味的地狱。

他承认这个现实并习惯这个世界，差不多用了十年时间。之后，他疯狂地爱上了魔法。这里有着成千上万年来所形成的各种各样的古老和新颖的魔法。他一改从前的鲁莽与凶悍，而变得诡计多端、小心谨慎。他悉心揣摩，出色地扮演了一个无所用心、无所事事的散漫形象，暗中，他却在刻苦钻研魔法。他曾无数次地潜入藏有成千上万册魔典的书库，偷阅了大量魔典。那些千奇百怪的魔法，使他心荡神驰。他将它们

——记在心中。他摆出一副毫无心机的样子,观察与揣摩着那些魔法大师们的魔法表演。他还费尽心机地骗过看守,偷看了大量的具有无穷魔力的器物。

这里没有日月,没有时间,当他在这个世界苦苦修炼到不可等闲视之时,也许已经花了相当于人间的百年甚至千年的时间。

他在地狱的名声越来越大。

然而,他却始终没有忘记阳光灿烂、鸟语花香的人间。他渴望着太阳、月亮、牛羊与金黄的麦田。渴望着大河、高山、飞鸟与醇香的酒,还有熙熙攘攘的人群和无穷无尽的纷争。他所期望的还绝不仅仅是重返人间,而是要将全部的人间归为己有——至少是他生前生活过的那个国度。他觉得他完全有这个力量——这个力量中,最大的一部分,就是他掌握着人间那些超级巫师们的名单。他只要将他们一一寻找到,集中起来,加上他自己特别的魔力,就足以使人间天翻地覆!

屠夫?哼!

机会终于来了:这一天,地狱要一下子接受因一场巨大的战争而转化成的成千上万个鬼魂,所以将大门完全打开了。他偷了一件他朝思暮想的器物——魔伞。他将它打开——一打开,他就将自己融进了纯粹的黑暗里。他悄无声息迎着如潮水滚滚而来的新鬼魂,东躲西藏地朝大门一步一步地逼近。那些鬼魂像老鼠一般在吱吱地叫唤着,他充耳不闻,一心只想着越出地狱的大门。

两扇无比高大的门,使他无法估量它们究竟有多高。

虽然行动诡秘,但就在他已接近大门的那一刻,他的行踪还是被发现了。无数的阴兵咆哮着向他汹涌而来,守门的卫兵得到命令,立即去关闭大门。

两扇大门在迅速合拢……

就在大门即将完全关闭的一瞬间，他的身体像夜色中的一条鱼滑出了大门，但却有一条腿被两扇大门紧紧地夹住了。他感到了一种钻心的疼痛，随即听到了骨头的粉碎声。失败就在眼前，等着他的就是被重新抓回地狱，永生永世做地狱中的苦役。他绝望地望着地狱大门外已经久违了的太阳。大地上吹来的微微暖风，使他的心都碎了。他听到了大门里的急促的脚步声，闭起双眼，用全部的魔力，作出了最后一拼，就听见地狱之门猛烈一个震颤，他被夹住的腿竟然得以脱出。

他举着魔伞，无声地飘进黑暗，一滴一滴的黑血洒落在地狱通往人间的荒草路上，引来了无数条吐着长舌的野狗……

3

他在森林里游荡了许多天之后，身着普通人的装束，腋下夹着那把看上去也很普通的黑色魔伞，走向有炊烟的地方。

他要把那些巫术超群的巫师们一个不落地都找到。他有一份大名单，这份大名单详细记载了这些大巫们的姓名与住址。他认识他们，因为最后十年间，他参与了几乎所有巫魔条约的签订。因为他的魔力，又因为他对魔法的精通，地狱当局便委他以重任，代表魔方，与那些来自四面八方的巫师们签订条约。

一年一度的巫魔签约，在春天的第一声雷鸣之后的一个夜晚进行。

那时，巫师们利用他们各自不同的魔力，在月光下飞行，最终聚集到一片森林间的湖边草地上。这是一个令人销魂的夜晚。无数小鬼把守着那块草地。草地上摆着一张一张铺着洁白台布的桌子，上面放满了五颜六色的鲜花与美酒佳肴。一棵巨大的千年榕树下，乐师们由始至终不停地演奏音乐。那些乐器一律都是由各种动物的骨头制成，白生生的，音色单调、忧伤而幽怨，但在巫魔们听来，却是无比凄美与动听。他们可以大吃大喝，甚至男男女女，在朦胧的月光下纵情放浪。一直狂欢到天将拂晓。这时，音乐转为庄严、肃穆，巫魔之间开始签约。作为人世间的魔鬼，巫师们必须承诺，他们将竭尽忠心为阴间的魔鬼效力，不得反悔，然后领取红色的迷药之类的东西，或者是记下种种谁也听不懂的咒语，花样百出，不一而足。太阳升起之前，乐声戛然而止，魔鬼们顿时化为青烟，消失在雾气中，而依依不舍的巫师们也在互相道别之后，各自飘然而去。

熄神不知鬼不觉地出现在大巫师蚯面前时，蚯正带领一只中了魔法的山羊走在铺满金黄落叶的山间小道上。

"多么鲜美的羊肉啊！"

蚯大吃一惊，抬头一看，只见熄坐在高处的一块岩石上面朝他微笑。

熄从上面跳了下来，然后将一只胳膊亲切地放在蚯的肩上。两个一边窃窃私语，一边走向林子的深处。

那只山羊痴迷地跟在他们身后。

熄怀揣那份名单，瘸着腿，就这样到处游荡着，从南方到北方，从山区到平原，从荒漠到绿洲，从乡村到城市。大约用了两年多的时间，他将那些在他看来巫艺高强日后都会派上用场的名巫们都一一寻找到了。他对这些巫师们各自的法术与魔力了如指掌。他在意的不是他们单个的力量，而是聚集在一起共同作法的力量——这种力量足以天崩地陷、乾坤颠倒，乃至天诛地灭。

他不慌不忙地按照他早在地狱时就酝酿好的计划，一步一步、有条不紊地进行着。他知道，地狱方面一直在关注着他，只不过他的越狱逃跑实在是前所未有的事件，地狱方面一时都无法从现有的地狱法典中找到相应的处置条款。而地狱方面从来就是教条而古板的，做任何事情都拘泥于有关章程。等终于在某一天有了新的法典条款，他在人世间已经不知自在了多少个年头。

逍遥法外，实在是件让熄感到十分愉悦的事情。

4

这年秋天，熄与几十个巫师按照约定，在同一时间进入了都城。

那是晴朗的一天，都城上空万里无云、天蓝如水。不知是谁家的鸽群，在天空中优美地飞翔着，清脆的鸽哨声，更显得天空高远。正是收获季节，来自城外的各种水果，堆满了街道两侧的水果铺，空气里到处飘散着新鲜的水果味。人来人往，不时有马车呼啸而过，留下一路尘埃，又留下一路铃声和笑声。金店、酒馆、饭庄、酱园、布店、各种手工艺作坊、当铺……一家挨一家。街道上走着的，既有平民百姓，又有达官显贵，或优哉游哉，或行色匆匆。脸色红润的村姑们与那些脸色白嫩到稍微有点苍白的大家闺秀们走在同一条大街上，有些隔膜，但更多的却是互相欣赏，都觉得对方是道风景。卖艺的，常常吆喝着将许多人聚拢在一起，然后里三层外三层地围个水泄不通，看他们的把式。担子与推车，驴马与骆驼，带着远方的尘埃与气息，也带着远方的货物与风情，络绎不绝地走进高大的城门，使都城的盛况一年四季都永不衰败。

人间的繁华，实在迷人。

熄撑开黑伞，一路走，一路观望。他那一对半眯缝着的眼睛，在伞下发着亮光——是那种叫"贼光"的亮光。

在他的身后，散乱地跟着来自各地的巫师。

街上的行人，感到了一种不知来自何方的凉意，都以为这是因为时值秋季。

谁也没有注意到这一张张陌生的面孔。走动在都城的人，本就来自世界各地，无论什么异样的面孔，都不会使这个城市的人感到特别。

熄与巫师们像草丛中的流水，在人群中曲曲折折地走动着。

人声鼎沸、流光溢彩、轰轰烈烈的繁华，使他们心头产生一阵阵冲动。但他们一个个都装出一副若无其事的样子，就像是一个个路人，今天正巧走到了这座城市。

街面突然开阔起来，犹如小船在狭窄的河道航行了数日，突然风大浪急，眼前豁然出现了浩荡的大河。

这是这座城市的广场。

当熄的目光转向广场北面时，他看到了他梦中的王宫。

巫师们也看到了，自此，他们的目光就像穿堂而过的空气，直扑王宫。

王宫巍峨屹立，秋天的阳光纯净得无一丝杂质，穿过清澈的空气，正照在一望无际的宫殿顶上，油亮亮的黄色琉璃瓦，向天空反射着金色的光芒。

宫殿四周，都是开阔的空地，宫殿显得有点儿清冷和孤独。

熄对这种清冷和孤独顿生迷恋之情，他将黑伞微微后倾，尽量让目光更加开阔地打量这连绵不断的宫殿。宫殿的壮观与华丽，远超过一个乡间屠夫的想象。他的瘸腿在簌簌发抖，犹如一条狗的尾巴在风中摇摆。

宫殿四周，是红色的高墙，几个拱形的、深邃的大门口，都有身着铠甲、手持武器的卫兵在把守。他们神色严峻，站在那里，犹如树站在无风的天气里。

熄远远地站着，想象着宫殿里面的情景。这些情景使他着魔。

天色暗淡下来，他们在广场上居然一直流连到黄昏，直到卫兵们换岗发出雄壮的口令声和脚步声时，他们这才意识到天已向晚。

霞光中的宫殿，笼罩在无边的静谧里。

当晚他们在一家客栈住下。这一夜，他们聚集在一起，头碰头，小声地密谋着，直到第二天拂晓。

幸福安宁的都城与往常一样，对即将发生的事情毫无觉察，一样的喧闹，一样的灯红酒绿，一样的天天有政令从宫中发出，传向五湖四海，直抵帝国的每一个角落。宫殿是这个帝国的方向，是这个帝国的灵魂。只要它是安详的，整个帝国就是安详的。

熄与他的巫师们，除了偶然走上街头，整天就待在客栈里。他们没有使这个城市产生半点疑惑。他们没有任何举动，好像在静悄悄地等待什么。

一个秋季过去了，整整一个冬季又过去了，刚入春季，正是气象更新、万物复苏之时，一场来势凶猛的瘟疫在都城如烂漫的山花般蔓延开来。

谁也没有想到这场瘟疫来源于一头驴子。

那些天，巫师们轮流牵着这头吃了红药粉的驴子，从东城走到西城，从南城走到北城。蚯、虬、蚁、螂、蚪、虱、萤、蜗、螨……这些巫师，或胖或瘦，或高或矮，但一律都穿着宽松的黑衣，目光平静、默然无语地牵着那头驴子走过大街小巷。

那头中了魔法的驴子，看上去与其它驴子没有任何异样。

那些天，熄总坐在一堵断墙之上，撑开黑伞，阴郁地看着眼前的春色：街边的老柳，已笼上了淡淡的绿色，犹如绿雾在飘动；不知是谁家的墙角，金黄的迎春花，犹如一串花鞭，向人们显示着春季的来临；桃树的树干，开始泛起古铜色的光泽……

这天黄昏，蚯牵着那头驴子回到了客栈，对熄说："整个城市都已走遍了。"

熄点了点头。

一头驴子

驴子静静地将瘟疫的种子撒遍了都城。

熄收起黑伞，仰头望去，正在涂上夜色的天空，犹如宫殿的穹顶，西南方向，正有一颗核桃大的星星在寒气森然地闪烁。他长叹了一声。

当天夜里，那头驴死在了客栈的后院里。

不久，瘟疫便如锋利的镰刀收割庄稼一般开始收割生命。镰刀不分白天与夜晚，永不卷刃地收割着大街与小巷、豪宅与陋舍。它以闪电般的速度飞动着，生命在它的刃下变得无比的脆弱。一批一批、一片一片的人倒了下去，城市处处翻动着白幡，哀号处处，啜泣遍地。早上，一些人还在哭送亲人上路，晚上却又被别人哭送上路。巨大的镰刀，闪耀着银色的光芒，将城市当成了一片成熟的庄稼地，越收割越锋利也越兴奋。街道成了麦垄，男女老少纷纷如麦子呼拉拉倒伏在地。

前几天还人来人往、热闹非凡的客栈一下子失去了生气。人一个接一个地被抬了出去，到了最后，客栈的老板也口吐白沫倒在了大门口。客栈便成了熄与巫师们的客栈。他们将客栈里的酒肉取出，在空空荡荡的大院里放上桌子，不分白天黑夜地痛饮痛吃。

镰刀收割完地面，就飞旋而上开始收割天空。一群群飞鸟，飞着飞着，无端地就扑通扑通地掉了下来，若是掉在水面上，就会激起一团团水花。不知是谁家的一群鸽子，清一色的白，刚才还在天空下搅动着阳光，只一会儿，便一只只倒栽下来，远看，像是天空下起硕大的冰雹。

镰刀在天空忽闪着，把天空打扫得干干净净，无一只飞鸟飞过，天空成了真正的天空。

镰刀开始收割最后一块地：王宫。它从天空飘落下来，在空空荡荡的大街上狂舞了一阵之后，来到了广场。广场上除了一些从天空坠落的各色飞鸟之外，空无一人。它便开始绕着高大的红墙旋转，最终飞起，越过高墙，飞进了深不可测的王宫。

这些日子，王宫的所有大门都已封闭，宫内处处艾烟袅袅。

随着外面此起彼伏的哭丧声渐归沉寂，王宫已像万顷波涛之上的一叶孤舟。孤舟之上的人，无论他从前是多么的威严与尊贵，也都一个个噤若寒蝉。琼浆玉液、绫罗绸缎、权杖与令箭，所有这一切，都在镰刀面前变得无足轻重、一文不值。在刚劲而冷酷的镰刀面前，无论尊卑，都是一样的物质——麦子、稻子或谷子，都是可以被收割的庄稼。

年老的王，戴着沉重的王冠，整日坐在王座上。他似乎已经看到了镰刀在闪烁着光芒。他感觉到了什么，但他知道，他可用他强大的军队去攻占一座座城池，可以使万民匍匐在地、地动山摇地三呼万岁，却无法阻止镰刀的飞舞。他甚至知道，他已来不及通知他的那些驻守各大城池、驻守边关要塞的将军们。他甚至都不能向他们道别，说一声："我的王朝已经覆没。"他静静地等待着。当后宫传来哭泣声时，他一脸的无动于衷。

卫兵们纷纷倒下，紧接着就是后宫的金枝玉叶凋零在了珠光宝气之中。

当熄骑着一匹黑如夜空的骏马来到宫门时，年老的王已经在王座上奄奄一息。

熄骑在马上，用黑伞向大门一指，大门便吱呀一声打开了。几个气若游丝的卫兵企图阻止熄与巫师们的长驱直入，熄掉头看了一眼螨，螨立即明白了熄的意思，从怀中掏出一只瓶子。他将瓶子举在阳光下看着：那里面是绿色的水。他将水倒了一些在左手的掌心上，然后用右手的手指蘸了蘸，朝那些忠心耿耿的卫兵弹去。绿色的水珠落下时，那些卫兵顿时变成了一只只灰色的耗子，仓皇逃窜到草丛里。

熄大笑起来，震得琉璃瓦嗡嗡作响。

现在，他一下子就站在了琉璃宫前。

沉淀了千年的静穆，迫使他停止了前进。

5

熄至今还记得年老的王端坐在王座上的神态:他手执权杖,雕像一般坐在王座上,一双眼睛半睁着,露出鹅卵石般的眼珠,并发着清冷的光。修剪得十分整齐的灰白色胡须,使整个宫殿充满了威严。他本能地躲开了王的目光,使他感到不可思议的是,他无论走到哪一个角度,那双眼睛都会紧紧地盯着他。

其实,年老的王早已停止了心脏的跳动。

熄毕竟是个乡野屠夫,他退出了宫殿。但仅仅相隔两天,就在巫师们的簇拥下,胆战心惊却又迫不及待地坐上了冰冷的王座。

驻守各地城池和边关的将军们,还不知道都城的毁灭和王朝的倾覆。一纸关于议事的诏书,将他们从各处召进宫殿,等待他们的是刀斧手们的利刃和变成蜥蜴、蟾蜍的毒咒。

熄倾其心智、竭尽魔力,依靠巫师团呼风唤雨的能力,阳谋阴谋并举,用了整整十年的时间,才使这个世界慢慢平息下来。

沸腾的民心,比王朝的威严、骁勇善战的将军们更难对付。尽管法力无边,但无法使成千上万颗心灵臣服于他巧取豪夺的王朝。王国百姓,十成竟只有三成愿当顺民,其余七成一直如地下岩浆在涌动,随时有火山隆隆爆发,随时有可能使他的王冠落地。暴动不时发生,一次又一次的平暴,致使血流漂杵。然而,那岩浆依然在不停地涌动。为了长治久安,十年时间里,他处心积虑、艰苦卓绝,终于完成了他的骇世大计——他用大魔法将那些自绝于他的暴虐的反抗者们分别变为四种人:失去光明的人、失去听力的人、失去语言的人、失去灵魂的人。

惟一使他感到遗憾的是,他可以剥夺这一切,却无法毁灭这一切。他所能做的,就是将光明、声音、语言和灵魂各自聚集,然后分别装进四只魔袋。他将这四只魔袋分别放置在位于王国边缘的四座大山的顶峰。这四座山，分别名为：金、银、铜、铁。它们立于东南西北四个方向，人迹罕至。每一座山，各有一只魔力无穷的狗把守：金山为黄狗、银山为白狗、铜山为红狗、铁山为黑狗。

许多人为了逃避魔法，逃到了荒无人烟的边地荒漠，甚至穿越王国的疆界而进入他国境内。但在熄看来，这些失去家园的人，已经不具有威胁王朝的力量，完全可以忽略不计。

世界已经熟睡一般安宁了下来。

他喜欢静静地坐在王座上，更喜欢让巫师团尾随其后，在宫殿外悠闲溜达，观看阳光下的琉璃宫顶。这实在是世界上最辉煌、最美丽的建筑！

6

熄在王座上睡着了，醒来时，已是黄昏。他听到了外面卫兵换岗的口令声。

昏暗的光色中，蚯进来了。

熄打了一个哈欠，问道："有事吗？"

蚯说："大王，搜书已在四面八方展开了。"

熄要将瘸腿从王座的扶手上搬下，蚯赶紧过来帮忙。

熄摇晃着站了起来："现在，惟一能让他们醒来的，就是这些丑恶而美丽的文字。我担忧的不是那四只袋子，而是这些远比它们的魔力要大得多的文字。"

"是啊，大王。"

"通告天下，谁胆敢藏匿一个文字，格杀勿论！"

"此令早已传下，大王。"

"今年的八月十五，要毁灭掉最后一个文字！"

"知道了，大王。"

他们一同走出了宫殿。那时，从城外觅食归来的乌鸦，正从天空纷纷落在琉璃瓦上。熄看着这些黑色生灵，说了一句："让人讨厌！"

蚯赶紧挥舞双臂，将那些乌鸦赶起。

暮色中，宫墙边的松林，已在晚风中发出寂寞而凄凉的声音。

7

从南方到北方，从城市到乡村，都在进行着同一件事：让各种书籍与它们的主人分离，然后集中在一起，运往京城。

熄说："我一定要亲眼看着它们化为灰烬！"

在无数条通往京城的路上，或车或船，或马或牛，日夜兼程，向京城运送着搜缴而来的各种书籍。

它们有的是主人在威胁与恫吓之下被迫交出的，有的是士兵强行夺取的，有的则是从各种各样的藏匿处被搜出的。在这些书籍中，有些已经非常古老，甚至是一些被书虫咬噬得残缺不全的孤本，有些则是在不久前才刚刚印刷出来，还散发着油墨的芬芳。许多古老的书籍，都有它们的历史和它们不同寻常的故事。它们历经磨难，甚至有人为之付出了鲜血与生命，才得以流传下来。它们价值连城。然而，现在它们却面临着同样的命运：被大火焚烧。

它们是灵魂的栖息之处，是失去方向的荒漠上空的北斗，是寂寞山林中的响箭。然而，它们将统统化为灰烬随风飘去。

那些日子里，人们看到的、听到的，都是一些与书籍相关的事情：

有一座闻名天下的藏书楼被洗劫一空。这座藏书楼已经相传五代，楼主眼见着它成了一座空楼，深夜，他用一根绳索将自己挂在了空楼的梁上。

有个读书人的书被一本不剩地抢走了，并遭到痛打。挣扎起来后，他就疯狂地追赶那辆载有他的图书的马车。一边追，一边号叫："我的书啊！我的书啊！"一直追出去数十里地，最后喷出一口鲜血，惨死在了路上。

有个年轻的书生，拿着一把菜刀守护着他的书房。当兵士们拿着长矛之类的武器让他离开时，他说："我要以死相拼！"最后，一支锋利的长矛将他刺杀于书房，鲜血迸溅在那些朝朝暮暮陪伴着他的书上。

有人告发，说有个人，不忍看到碑上那些书法很有讲究的字被毁掉，先将那些字拓在纸上，再将纸放在背上，让妻子用银针将那些字一一刺刻在后背上。这人很快被抓住。士兵们剥去了他的衣服，一阵拳打脚踢之后，将他押往广场。那里已放上一只火炉，通红的木炭里埋着一块烙铁。许多人在围观。两个凶悍的士兵一手按着他的头颅，一手反扭他的胳膊，押着他在广场上走了两圈之后，一个更加凶悍的家伙从火中夹出通红的烙铁，举在空中，走到人们的面前，绕着圈儿，缓缓走着。两圈之后，他将烙铁埋入火中，等再度烧红之后，他又将它夹了出来，朝它吐了一口唾沫，就听见刺啦一声，冒出一股清烟。他狰狞地笑了笑，走向那个动弹不得的人。他手里举着烙铁，歪头看着那人的后背，大声地将背上的一句诗念了出来，然后哈哈大笑——还未等笑声停止，他将烙铁按到了那人的后背上。一声惨叫。烙铁一次又一次地烙到他的后背上，直到后背上的字全部消失。

有件事情更残酷：一个十一岁的男孩，双臂反剪，被高高地吊在城楼上。原因只是他将一本书藏进了树上的鸟窝里。已是夏天，强烈的阳光照射着这个孩子，疼痛与高温使他大汗淋漓，汗珠不住地跌落下来。他嘴唇焦干，大口大口地喘息着，泪水汪满了双眼。他的父母已经跪在城门口多时了，头磕得鲜血淋漓，央求那些士兵们放了他们的儿子，但那些士兵们完全无动于衷。天刮起了大风，空中的孩子不停地摇摆着。接着又下起大雨，孩子在空中有气无力地喊着爹娘，而他的父母只能仰望着他，呼喊着他的名字。孩子终于被放到地上时，已气息奄奄。

成车成船的书，在日夜不停地运往京城。

成千上万的人，在为书而哭泣，在为书而心碎。无数的人因失去书而绝望，而疯狂，甚至投河悬梁。也有不顾一切的护书者，但都倒在了血泊里。整个世界谈书色变。

当书搜完之后，便开始不顾一切地毁坏庙宇、楼台、亭阁、门廊。因为，那上面写着或刻着字。还有陵墓前的石碑、桥头的石碑，凡有字的东西，无一幸免。锤子、斧子、凿子、刀子、棍棒，砸、砍、凿、削、打。稀巴烂，稀巴烂。有悲哀，有兴奋。世界在疯狂中旋舞，一刻都不能停下，除非这个世界自行毁灭。许多人不耕地，不做工，而沉醉在毁灭的过程中。瓦的粉碎、木材的破裂、石头飞出的火星……让人心惊肉跳。巨大的悲痛与巨大的欢愉一起流行于这个残败的世界。

一个人于黑暗中悄悄将一块珍贵的石碑扔进河里。但等待他的是：捞起石碑，凿去字，然后再将他结结实实地绑在这块残碑上，一起永远地沉没于水中。

留存下来的文字已经不多了。

八月十五即将来临，有一个消息在悄悄地传播着：那些至今镌刻在一些石碑或一些廊柱上的字，未等凿子、斧头到来，自个儿悄然无声地消失了。

有人说："那字是有灵性的。"

许多人都相信这个说法。他们中间就有人曾听到凿子凿石碑上的字时，那些字在哭泣与喊叫。有人亲眼目睹，当那些字一一被凿去时，那石碑上竟然血迹斑斑……

8

焚书实际上早在八月十五之前就已经开始了。

从这个世界各个地方搜缴来的书，络绎不绝地运到了宫殿前的广场上。它们堆成了一座一座雄伟的山，一天焚烧一座。夜幕降临时，全城的人都会看到一座熊熊燃烧的火山。

已是秋天，这座城市却因为书山的不间断的燃烧，而好像是在暑天里。

熄的目光越过宫殿的高墙，看到了火焰，感叹道："多美丽的火焰啊！"他要登上城楼去观望。

蚯说："大王，这小小的火山，不值一看，等到八月十五再看吧，看这世界上的最后一座火山，一座特大的火山！"

熄点了点头。

八月十五，是熄王朝的盛大节日。

夜幕降临，熄在前呼后拥之下，登上了城楼。一轮明月之下，他看到了成千上万的人。他们都是来观望即将点燃的火山的。这是人类的最后一座火山。到时，这座火山将向他们显示一番壮丽的景象。

高大的书山耸立在广场的中央，人们围绕着它，在静静地等待点火的时刻。孩子们在欢乐地追逐。烧掉这些书，真是太好了。从此以后，他们再也不会为这些文字而苦恼而遭受打骂了，他们可以尽情地玩耍与撒野了。

高大的书山周围，堆了很多油汪汪的松脂。这是为了防止书山的熄灭或火焰的虚弱而准备的。今天，必须烧出强劲的火，把天烧红了的火，让人热血沸腾的火。让熄，也是让天下百姓看到的这场火，毫无疑问，应该是举世无双、空前绝后的。

熄让蚯带上一百头奶牛和一千只山羊，外加上百坛佳酿送至地狱，然后从地狱请来了上百名久负盛名的乐师、歌者和舞者。

熄不仅成功地统治了这个世界，还用超凡脱俗的智慧瓦解了地狱方面的敌意。这些年，地狱一直是他的一块心病。虽然他清楚他暂时还不太可能受到地狱方面的处置，但他心中也很清楚，总有那么一天，他还会回到那里，等待他的将是永无尽头的长夜和煎熬。此时，他表现出了惊世骇俗的胆识，竟然主动向地狱方面表示了愧意，并做出了深刻忏悔的姿态。他借蚯们去签订巫魔条约之机，委托蚯作为他的使者，向地狱方面传递了他愿与地狱修好的诚意：只要地狱方面不追究他，不在他所需要的时间里将他缉拿归案，他愿意为地狱方面做一切地狱方面希望他做的事情。他给地狱之王写了一封长达十页的辞信，言词恳切哀婉，希望地狱之王能够理解他向往人间的愿望。他说，只要他执政这个王国，那么这个王国就是这个世界上最大的向地狱贡献的国度。信中，他还深情地回忆了他在地狱的那段时光。他愿意成为人间与地狱之间的一座可歌可泣的桥梁。他说到做到，他让他王国的人民一年四季不住地向地狱贡献牲灵和其他种种宝贵的物品。地狱之王在见到这些物品源源不断地从他的眼前经过时，想到了那个被熄推翻了的王——那个王一直对地狱不屑一顾，每年的贡献都与他的疆土的广大与人民的众多不成比例。随着熄王朝的贡献一年比一年增多，地狱之王对熄的恶感渐渐淡化了，甚至动了恻隐之心。久而久之，地狱方面与熄王朝竟然于不声不响之中建立了一种微妙的关系。对此，熄感到十分的满意。他甚至利用他在地狱时建立起来的盘根错节的关系，频频利用地狱特有的资源与力量，而地狱之王则表示沉默。在熄看来，这就是默许。他的回报就是在一年一度的地狱大典之时，准时递上一封优美的颂词以及堆积如山的贡献之物。

这一回，他竟然从地狱请来了本来专为地狱之王表演的乐师、歌者和舞者。

他们都隐没在黑暗之中，就像无数的鱼潜游于汪洋大海之中，都城的老百姓毫无觉察，而熄却看得一清二楚：他们或栖息在屋顶上，或栖息在广场周围的大树上。他们使熄感到亲切。久违了，地狱的音乐与舞蹈。那是一种何等有境界的音乐与舞蹈啊！它能使听者如痴如醉，如癫如狂，它能使听者像挨了刀子的公牛一般狂跳起来！

点火之前那段时间是安静的。

熄不禁想起了地狱。此时此刻，他不禁有点怀念地狱的岁月。他忽然感到，原来地狱生活也另有一番味道、一番迷人之处。他看着那些地狱来者，就像看着数载未见的亲人一般，朝他们点着头。他的目光里甚至充满了感激——感激地狱的同伴这么多年来竟没有忘记他，能在这样一个美丽的夜晚来为他捧场。

感谢伟大而圣明的地狱之王。

士兵们手拉手，守卫着沉默的书山。

这些天来，他们一直在接受最严格的训练。他们被编排成数个小分队，各就各位，分工精细而明确。

鼓声忽然响了。

一个年轻人举着火炬跑向了城楼。

人们都仰望着灯火通明的城楼。

年轻人出现在熄的面前。

熄点燃了火炬。

一片欢呼声。

年轻人转身又跑下了城楼，然后往广场的中心跑去。

一条长长的跑道，由两排士兵牢牢地把守着。

火炬牵动着所有的目光。

年轻人在巨大的欢呼声中，绕着书山跑了一圈后，攀登上一个高高的架子。

人们的目光随着他的不断登高，在慢慢地上升。

年轻人登到架顶后，举着火炬，面朝城楼站着。熄站了起来，朝他摇了摇手。他将手中的火炬在空中挥动了几下，才转向书山。鼓声响起，如万马奔腾。他大声呼喊："大王，万岁！"随即众人响应："大王，万岁！"如风如雷，使整个城市都在颤抖。

"万岁！万岁！万万岁！……"

年轻人突然将火炬准确地扔到了书山之顶。那上面是放了松脂的，火呼啦一声，如一头狮子朝空中跳起。

下面，几十个士兵，则将手中的火炬一起扔到书山的底部。

书山很快就燃烧了起来。

鬼舞

人们很快听到了怪异的音乐之声。这是他们闻所未闻的声音。它来自幽远的地方。只闻其声，却不见演奏者。它使人们感到了黑暗中的浪潮、荒野上的哀鸣、幽谷中的风声、寒冬时节的林涛。孩子们一个个躲到了大人的怀抱里，惶恐地望着苍茫的夜空，仿佛有什么怪兽马上要从天而降。但这声音，又分明是迷人的。它让人心慌意乱，让人六神无主，让人血液奔突不止。它一会儿像一块巨石掷进池水，一会儿像雷声滚过头顶，一会儿像藤蔓纠缠着你的心，一会儿像惨白的绸子舞动在你的眼前。忽高忽低，忽紧忽慢，忽单音忽共鸣，有节奏，有旋律，但都同样使人感到陌生与疑惑。

鬼舞在乐曲声中开始了。

能够清清楚楚地看到的，只有熄。在熄看来，来自地狱的舞蹈，是人间根本无法比拟的。那是什么舞蹈啊，无拘无束，汪洋恣肆，一派的自由，一派的舒展。鬼们以轻盈无重的身体，飘荡、旋转在空气之中，如风筝、如蝴蝶，如雪花，如柳絮。那舞台是在天地间，是没有边际的。

柔软而光滑的长袖几次拂到了熄的面孔上。他闻到了来自地狱的气味，这气味使他心醉神往。他拍击着手掌。而他身旁的人，除了觉得不时有一股阴风拂面而过，什么也没有看见。他们奇怪地看着陶醉的熄。

音乐渐向高潮，鬼舞的影子在忽长忽短地飞舞。一会在天空，一会在地上。人们误以为这是火的影子。

人们渐渐不再恐惧，代之而起的是兴奋。

火越烧越旺。火的声音与音乐的声音融为一体。

热浪一阵阵冲击着人群，使他们不得不一次次地后退。但热浪又使他们一次次陷入冲动，一次次地朝大火扑去。有人衣服被火烧着了，只好在地上打滚。但还是有人不住地朝大火逼近。火光前，他们跳跃着、扭曲着的影子与鬼的影子混杂在了一起。

但在熄的眼里，却是一清二楚：何为舞者，何为人影。

城楼上，左侧巫师团的巫师们与右侧橘营的女孩们，眼睛都在放光，不同的是，巫师们的眼睛里是邪恶与欲望，而女孩们的眼睛里却是稚气和单纯。

大火的顶端，是蓝色的火焰。

那蓝色，是世界上最美丽、最浪漫的蓝色。

火焰也是一番舞蹈。这番舞蹈，又是鬼舞所不能比拟的。它热烈、

鬼舞

奔放，充满柔情却又充满力量。它在橘红色的大火上，跳跃着，摇曳着，变幻着，生机勃勃，气象万千。这是人类与魔鬼都无法模仿的舞蹈。

人们围绕着大火，也开始手舞足蹈起来，并唱响了嘹亮的《帝国之光》：

帝国泱泱兮，
土无疆。
山高水远兮，
天地旷。
威风凛凛兮，
震四方。
万民欢呼兮，
熄为王。
红日高悬兮，
光万丈。

……

欢声雷动中，熄不禁站了起来，俯瞰着他忠贞善良的百姓们。感动的泪水潮湿了他阴郁的双眼。千万条晃动的人影与鬼影渐渐消失，他仿佛看到了一片海洋，那海洋被火光所染，红水沸腾，红涛滚滚。

人舞、鬼舞、火焰之舞，在八月十五那轮明月之下，酿出节日的盛大。

火焰之舞已抵达极点。它们一会儿聚拢，一会儿分开，轻盈、飘逸、柔韧、强烈，淡入天幕时则如风吹去，蓬勃而生时则如万木争春。巨大的火山，红火翻滚犹如巨大的红裙在旋转。

天越来越红，仿佛即将熔化，流淌下来。

火焰的力量是神秘的，它撩逗得人们疯狂地扭动着，跳跃着。大地在无数双脚下颤动着。

热浪将天地万物虚幻成梦,天上那轮月亮犹如漂在水中。人们觉得身心皆飘离地面,在陶醉中摇晃。

就在人们狂歌劲舞时,蓝色的火焰忽地消失了,紧接着,人们看到了一颗颗硕大的雨滴洒向了大火。那雨滴在火光的映衬下,一颗颗皆如钻石一般晶莹剔透。

火在稠密的雨滴下,刺啦刺啦地响着,渐渐地矮了下去。

"下雨了。"一个孩子叫了起来。

但奇怪的是,只有火山顶的上方有雨,其他地方并无一滴雨滴。

一位白须苍苍的老者,望着天空,叹道:"那是火焰在哭泣啊!"

人们顿时停歌歇舞,喧闹的广场顿时一片寂静。

成千上万颗水珠猛烈地扑击着大火。

熄在城楼上皱起了眉头。

蚯赶紧凑过来:"大王放心,那火是灭不掉的!"

正说着,士兵们已经开始纷纷向大火上扔去早已准备好的优等松脂。那松脂一碰着火,就呼呼燃烧,丝毫也不在乎水珠的泼洒。

火再次升高,水珠像被烤干了一般,渐渐消失,蓝色的火焰又跳动起来,并且越跳越高,到了后来,竟然扭曲着,仿佛在抽搐。

士兵们不再向火山扔松脂。

过了一会儿,火焰再度消失,空中有了更硕大也更稠密的水珠。它们顽强地洒向了大火。

老者用手拍打着胸膛,老泪纵横,唏嘘不已。

很多人随之哭泣,甚至有人号啕起来。

月亮被乌云厚厚地遮住了,夜风从城外的旷野上吹来,将秋天的萧瑟带到了广场上。

悲恸的哭泣声压倒了鬼乐的演奏——无论魔鬼们的演奏是多么用力，也无法抵御这潮水般的、崩溃般的哭泣声。这长久压抑的哭声汇成江河，汹涌澎湃。

熄非常恼火。

蚯在熄身边说道："大王，你误会了，这是他们在为大火而感动。"然后，他转身让人传下命令："一刻也不停地抛撒松脂！"

此后，松脂就一直不停地被抛撒到火山上。

蓝色的火焰再度升起，并且一直不停地跳动着。

号啕转为低声啜泣和长长的叹息。

从明日起，这个世界就再也没有一本书，甚至再也没有一个文字。倒也干净，干干净净！

人们一动不动地站着，望着这座已经全部点燃、通体透明的火山。

灰烬如蝶，飞满天空。

整个世界都在巨大的沉默之中。

大约是在午夜，当无可奈何、悲痛欲绝的人们准备散去时，一件不可思议的事情发生了：

一本大书突然从火山的顶端呼地飞出，激起一团火星，然后迅速飞向高空！

但在人们的感觉里，它好像不是从火山的顶端飞出的，而是从火山的最深处猛地喷薄而出的。

所有的目光，都在出神地看着这一奇观——

它像一块燃烧的厚重的方块飞到空中后，竟哗地打开了，就像是一对优雅的翅膀。它没有立即飞走，居然在广场的上空漂亮地飞了两圈。那对翅膀有时展开，并不时扇动，做翱翔状，有时双翅互相拍打——拍打时，就会升高，并且加快速度。

在熊熊的火光映衬下，它像一只金红色的大鸟。

这只金红色的大鸟，让地上的百姓看得热血涌动、心驰神往。他们好像预感到了什么。他们望着苍天，体会到了一种天意。它却让城楼上的人看得心惊肉跳、惶惶不安。

它越飞越高，越飞越远，然后像一颗流星优美地滑向苍茫的西北方向……

选自长篇小说《大王书》第一部《黄琉璃》

红 纱 灯

飞走的这部神奇的图书被称作"大王书"。它飞到了一个叫茫的放羊男孩附近,于是茫成了大王书的主人。反抗熄统治的人逃到了王国边缘的山林里,他们的核心人物叫柯。他在寻找一个可以率领人们反抗熄的人。他认定得到大王书的茫就是他寻找的人。于是他劝说人们跟随茫,并组成了军队,与熄展开了斗争。

茫军在行军途中收留了提着红纱灯唱歌的璇,她是歌王的女儿。璇的父亲歌王是被熄军逼死的。

熄利用魔法和毒药,企图将茫军消灭在沙漠中,没想到茫军克服困难,走出了沙漠。然而熄军却又发现了茫军的后勤部队。于是一场斗智斗勇的战斗开始了。

1

阳光照着大河,水蒸气带着水薄荷清凉的气味,飘入空气中。

仿佛是浓重的黑雾在消散,茫军将士的大脑渐渐变得清醒起来。他们似乎隐隐约约地还记得一些事,却又无法回忆清楚。他们一个个显得有点儿疑惑,有点儿神情恍惚。

马和灰犬仰望着天空，也似乎在竭力回忆着什么。

慢慢恢复了力量的茫，和葵手拉手从水中走上河岸。

将士们见到了茫，轻声叫着："大王……"

茫看到一张张憔悴不堪的面孔，心里不禁一阵阵发酸。

柯在清流中看到了自己的形象：头发蓬乱，脸色枯黑，满是汗迹和沙粒，衣冠不整，十分肮脏。这对于一向讲究着装与容颜的柯来说，简直是令人无地自容的羞耻。当茫朝他走来时，他低下了头。

茫走过来了，亲切地叫了一声："柯将军。"

"大王……"柯依然低着头。

茫从他身边轻轻地走了过去。

所有的将士都在为自己身体的瘦弱感到吃惊：这究竟是怎么一回事？为什么会瘦成这样？

在柯的督促之下，一向注重体魄的茫军将士，一个个原本都有着强壮的身体，而现在一个个都只剩下了一副骨架。投射在地上的影子，又细又长又薄，甚至因为缺乏血色而变得灰淡。这些影子，使他们感到十分沮丧。

茫军将士似乎瘦掉了一半，一大半。

茫记得柯的一句话："茫军的强大，只有建立在精神意志和肉体之上！"他又仿佛看到了柯的目光——注视那一具具强壮身体时的目光，那目光里有兴奋，有愉悦。那时，柯的姿态是一副观赏的姿态。他仿佛在看一棵棵树，一棵棵深扎大地、枝干刚劲、在大风中屹立着的树。

"茫军应是这样一支军队：当我们一动不动地站立在那里时，就足以使敌人心里发虚！"这也是众将士都熟悉的柯的名言。

茫一直以为，柯为他调教出来的这支军队，是世界上最强壮的军队。

然而，仅仅几天时间，他们一个个都变得形容枯槁，让人担忧，仿佛一阵狂风吹来，这支庞大的军队便会被吹得无影无踪。

所有的人，都为自己的瘦弱而害羞、难过。

还有就是肮脏，简直不可容忍的肮脏。

"茫军必须是一支清洁的军队！"柯告诫全体茫军将士。他可以容忍茫军将士诸多不良行为，却不肯容忍他们有不爱清洁的习惯。他曾经处罚一个不爱洗澡的士兵，让他赤身泡在河流中整整一天。每打完一次仗，茫军要做的第一件事就是全面清洁自己的身体。茫还记得，一次攻城之后，柯想让将士们清洁一下自己的身体，而城中却无一滴水，正巧天下起大雨来，柯命令全体茫军，无论将军还是士兵，都脱光衣服，站到大雨之中，让大雨冲刷自己的身体。大雨之中，是一大片肉身。初时，将士们有些羞涩，但见柯自己也一丝不挂地在大雨中淋浴，便很快变得轻松起来，自如起来，甚至快活起来，一边接受着大雨的冲洗，一边在大雨中嗷嗷喊叫。

茫也赤着身体，并将身体搓擦得红红的，像初生的婴儿。

而现在的茫军，简直就是一堆垃圾。

他们为自己的形象感到惭愧。

柯吃力地支撑着疲惫的身体走着，不停地说着一句话："下河去，从里到外将自己洗干净！"

将士们又纷纷再度走进水中，但一时拿不定主意：身上的衣服，脱还是不脱？

望着犹豫不决的将士们，柯一声不响地脱掉了身上的所有衣服，然后将这些衣服抓在手中，赤身裸体却又落落大方地从将士们面前走过，一直走到水里。

有人开始脱掉身上的衣服，不一会儿，将士们便都开始行动起来，不一会儿,整支茫军便成了赤条条的茫军,就如繁茂的树林在深秋的最后一阵狂风后,落尽黄叶,只剩下光光的树干与枝条。

大河里到处是光溜溜的身体和漂浮的衣服。他们或先洗身体再洗衣服,或先洗衣服再洗身体,或洗一会儿身体再洗一会儿衣服。一个个皆做出一副要将自己从头到脚、从里到外都清洗得干干净净的架势来。天空下,响着一片由搓擦身体而发出的咯吱咯吱声。不少人互相帮着搓擦,没有一丝羞涩,更无一丝难堪。一具具精光的身子,在清澈的阳光下开始变白,变红。

不住流淌的河水,带走了汗臭与污垢,带走了一切不洁之物。

茫望着他的一丝不挂、裸裎相见的将士,心里不禁一阵感动,也脱掉了身上的全部衣服。

他在走向水边时,所有的目光都投向了他。他们一个个从水中站立了起来,手中的衣服在扑嗒扑嗒地往河里滴着水珠,有人忘记了还在水中泡着的衣服,它们便随着水流慢慢漂离了主人。

阳光照着茫。这是一具成熟又尚未很成熟的躯体。脱尽衣服之后的身材的完美,更加鲜明,使人难以忘怀。

他大步在同样一丝不挂的将士们面前走着,没有半点拘谨,仿佛他生来就没有被一丝布条遮掩过——人,生来如此。

"大王……"

"大王……"

茫一边点头一边走着。

茫有一种英武的感觉,这种感觉是在被衣服包裹时所不曾有过的。

只有一个人不肯赤裸身体——葵。

倒是他知道害臊了,众将士都感到有点好笑。

茫在水中朝葵招招手,让他下水。他用手势回答茫:"我已下过水了，我还用双手托着你，让你在水上睡了一会儿呢。"

芒用手势说："那时，你并没有光着身子，是不算数的。"

葵不肯。

芒向几个士兵使了一下眼色，那几个士兵心领神会地上了岸，悄悄绕到葵的背后，突然扑上去，将葵按在地上，三下两下就剥光了他的衣服。葵拼命挣扎，无奈被几个士兵紧紧抓住，根本动弹不得。他只好由他们去了。他看着天空，那时的天空还飞着一支天鹅队伍。

几个士兵将葵抬到水边，荡悠了几下，突然一起松手，他便飞到了空中，然后扑通落进水中，溅起一大团水花。

所有的人都哈哈大笑……

2

洗得清清爽爽的芒军，没有很快离开大河踏上征程，而是像倒伏的庄稼一般，全部在河边的草坡上躺倒了。困倦像山一般压了过来，他们根本无法抵抗，坚持着晾好衣服之后，便一个接一个地倒了下去。

高高低低、长长短短的树枝上以及干干净净的石头上，到处是晾晒的衣服。

没有风，只有初秋的太阳，温暖，但不强烈。

除了河水的流淌之声，这无边的寂静之中，就只有或粗或细的鼾声了。

灰犬和所有的马，也都沉沉睡去。

他们要在这里睡上一百年、一千年。

第一个醒来的竟是葵。他揉了揉眼睛，坐了起来。他转动脑袋，目光之下，全都是赤条条的身体，漫山遍野，一望无际。或侧卧，或正躺，或伸展，或像虫子蜷着，一个个都显得他们在世界之外，在时间之外，无忧无虑。

一具具干净的肉体，散发着水薄荷的气味，那是一种药香。

蔡懒得起来，就坐在那里。他的周围，横七竖八地躺着光溜溜的身体。这些洗净了的身体，在太阳底下闪闪发光。

蔡觉得眼前的情景非常可笑，于是就独自笑了起来。

见没有一个人是醒着的，他便又躺下睡了一会儿。醒来时，他看着依然横七竖八地躺着的肉身，莫名其妙地想到了一条条大鱼——这些大鱼从水中跳到了岸上，不能再回去了，蹦跶了一阵，便不再蹦跶了。想到这里，他不禁哆嗦了一下，并立即从地上爬了起来，慌张地环视四周，转而又慌张地看着这些熟睡如死的人。

但当他看到人们的胸脯在随着呼吸一上一下起伏时，提起来的心，又慢慢落回原处。

不知道是不是他刚才看到的那支天鹅的队伍，它们又飞回到了他的上空。它们在天空十分优美地盘旋着，不时地歪着脑袋，看一看下面的世界。也许觉得下面的这个世界太奇怪，它们不时地在高空中互相叫上几声，仿佛在问、在答：下面怎么啦？是啊，下面怎么啦？

蔡仰起脑袋，用目光追随着这些高贵的生灵，用心语回答它们：这些人累了，在睡觉，不用怕，落在河里吧！

天鹅们似乎听见了蔡的心声，居然调整好降落的位置，一只跟着一只地落向水面。它们从大河的那一头开始下降，离水面还有一丈多高时，它们的长翅扇起的风，就已经将水面扇出一道道波纹。接近水面时，它们的身体微微向后倾斜，翅膀完全展开，但不再扇动，两腿伸开，双蹼展成扇面，着水后，急速向前滑动，踏出两条细长的水道，最终非常轻松地停在水面上。一只一只，皆是如此。

天鹅

蔡看得发呆。

它们一边游动，一边觅食。大河因为有了它们，显得更有活力，也更加美丽。

蔡找到了茫。他想叫醒茫，让他看一看那些天鹅。

茫头枕大王书，四仰八叉地摊晒在阳光下。

蔡用手指头捅了捅茫，茫竟浑然不觉。他又捅了捅茫，茫嘴里发出一阵含糊不清的叽咕声，眉头皱成一个疙瘩，一副很厌烦的神情。蔡叹息了一声只好由他睡去了。

蔡在光溜溜的肉身间小心翼翼地走着，生怕踩着了他们。最后，他来到一棵大树下，倚着树干坐了下来。他再去望大河时，发现天鹅不在了，却不知是在什么时候，水面上开放出一朵朵硕大的莲花。他心中十分疑惑：不对呀，水里并没有藕，哪来的莲花呢？可分明就是莲花，只是这一朵朵的莲花，竟比碗口还大。他更加疑惑：是莲花吗？他不住地眨巴着眼睛。

就在他疑惑之时，突然地，其中一朵莲花不再是莲花了，而变成了一只天鹅。

他感到惊奇，正惊奇着，那一朵朵的莲花，变魔术般，前前后后地，全部变成了天鹅。

天鹅并未飞去，依然在河上。

蔡很快明白了，刚才所见的那片盛开的莲花，是恰巧碰上所有的天鹅一齐将身体倒着在水中觅食，而只把尾巴露在了水面上。

一会儿莲花，一会儿天鹅，一会儿天鹅，一会儿莲花，一会儿全都是莲花，一会儿全都是天鹅。

这简单的变化，却好看得让蔡心里发抖，两眼放光。

他多么想唤醒所有茫军将士看一看这大河上的美景啊！然而，他却无法喊叫。声音并不属于他。但他知道，这世界上有一种叫"声音"的东西，因为，他从前曾经拥有过，并且比一般人还更多地拥有过。

又是一片莲花。

莲花在颤动着，周围的水波跟着颤动着。

没有叶子，只有莲花——没有叶子，就单纯的一朵朵莲花，比叶子间的莲花更加引人注目，更加迷人。

葵决心要让他人看到这番千载难逢的景致。他找到了一个盾牌，又找到了一把剑，然后敲锣一般地用剑敲打着盾牌。他听不到声音，但盾牌和剑的颤抖使他确信：它们在制造声音。

他一边敲打一边走，可是那些人居然无动于衷，最多颤抖了一阵眼皮，翻个身依然沉浸在睡梦里。

他用力敲打着盾牌，握剑的手，虎口被震得生疼。

没有一个人醒来，而这时，太阳已经西沉。他失望地扔掉了盾牌和剑，一屁股坐在地上，抹起眼泪来。

你们是一头头猪吗？

葵一边哭，一边在心里骂着。

太阳向西，天鹅们也向西。当太阳几乎落进大河尽头时，它们便只剩下了一个个的黑点。

葵也困了，倒在了茫的身边，一会儿便睡着了。

又睡了整整一夜，直到第二天天亮，终于才有人醒来。

醒来的人，都想不起来自己到底睡了多久。睡的时间太长，醒来之后，都感到骨头疼痛。

将近中午，醒了的人，才将未醒的人一个个弄醒。

一个个，迷迷瞪瞪，不知此时为何年何月何日。

风大了起来，并且有了明显的凉意。

一颗颗因沉睡而变得发木的脑袋,在凉风的吹拂下,终于清醒过来。充足的睡眠,使他们瘦弱的身体积蓄了力量。他们一个个穿上干净的衣服。正是果实成熟的季节,到处都是枣树、梨树、柿子树和其他五花八门的瓜果。他们随意摘来充饥,身体变得越来越有力量。

看到正在恢复生机的将士,茫心中充满喜悦。

中午过后,茫军终于开始清点人数,准备整队出发。不久,便有一个消息传开了:有一百多名将士不见了踪影。毫无疑问,他们被留在了沙漠的深处。因队伍一直是混乱的,所以当有人看不见他所熟悉的同伴时,并不以为这个人出事、早已不在队伍里了,而总是想当然地以为,队伍走乱了,此时此刻,那人正在队伍的前头或后头待着,等整顿队伍时,他便会自然找回来。现在忽然知道了:那人永远也不可能再回来了。这个事实是绝对不能接受的,于是,纷纷地,就有人往回走,要去寻找自己的同伴。

茫泪光闪烁着站在高处,举着剑,对准那些欲要回头的士兵。

队伍必须立即前进,耽误的时间太多了!

望着茫毫不动摇的神情,有几个士兵失声痛哭起来。

茫一动不动地站着,剑在手中颤抖。

他知道,那一百多名将士,只能永远留在那片沙漠上了。他们的灵魂将永远守着那些沙丘与乱石以及暴虐的荒原之风。他甚至想象到日后的睡梦——睡梦中,他都会不时地听到这些灵魂的嘶喊。

在队伍即将前进之际,茫转过身去,扑通跪在地上。望了一阵浩瀚的大漠,他将额头低垂到地面,泪水汹涌而出。

所有茫军将士,一律转身面对大漠,并一律跪倒在地,向那一百多个亡灵哀悼和致敬……

3

傍晚时，茫军彻底走出了沙漠。

此时，远方的都城，正张灯结彩，笼罩在浓浓的节日气氛中。

先后飞回都城的三只乌鸦，带回三条消息，这三条消息最先到达巫屋，很快便传遍琉璃宫，又很快飞出高高的宫墙，飞满都城。

第一只乌鸦落在巫屋顶上的时间是那天的凌晨，那时，它浑身的羽毛皆被夜露打湿，加之长途飞行，身体瘦了许多，因此看上去不像一只乌鸦，倒像是一只八哥。第二只乌鸦落在巫屋顶上的时间是那天的中午，阳光强烈，它因在风中不断穿行，羽毛上没有一星点儿尘埃，闪烁着黑色的光芒。第三只乌鸦飞回巫屋时，是在那天的黄昏，当时晚霞将都城的一半染成橘红色，它在无数目光的注视下，驮着一身美丽的霞光飞临琉璃宫。虽然长途飞行，翅膀都快折断了，但见地上有这么多人翘望，便有了炫耀的心思，特意在天空多飞了几圈之后，才落在巫屋顶上。

这一回，熄来到大殿外，用目光亲自迎接了这第三只乌鸦。

乌鸦从窗外飞进巫屋之后，有专门的巫师负责翻译鸦语，因为只有他们几个听得懂鸦语。

第一只乌鸦飞进巫屋后，落在一个专门为它们落脚而设立的架子上。乌鸦飞得实在太累了，张着嘴，不停地喘气。立即有人用盆子端来凉水，递到它的喙下。它立即将漆黑的喙扎进水中，只见盆里的水迅速下降，不一会儿，便几乎见了底。乌鸦仰起脖子，稍微歇了一会儿，便开始哇啦哇啦地叫唤起来，其间还不时地扇一扇翅膀，用爪子擦一擦喙。

一个巫师一边听，一边点头，一边用迅捷的速度，在纸上沙沙沙地记录着。

乌鸦叫唤完了，安静地蹲了下去。

巫师很快将鸦语翻译了出来："它带回了蝙、蝎、蠓的话：茫军果然选择了穿越大沙漠的路线，我们沿着他们的踪迹，已经找到了他们，并且已经巧妙地混入他们的队伍。大熄王朝万岁！大王万岁！"

众巫师跟着欢呼："大熄王朝万岁！大王万岁！"

大巫师蚯立即将这一消息报告给了熄。

第二只乌鸦带回来的消息是："我们已经找到了一眼山泉，并已经巧妙地将饥渴不堪的茫军引向山泉。"

第三只乌鸦带回来的消息是："全体茫军将士已经饮用了含有迷药的泉水，并且已经全部发作，正在沙漠上疯狂跳舞，用不了几日，他们一个个都将精疲力竭，最终全部毙命于这片茫茫沙漠。琉璃宫可赶紧选择一个日子举行庆典，不必等我们几个归去了。我们几个打算且行且玩，好好领略一番大熄王朝的美丽河山。"

第三只乌鸦在飞行途中，还遭到了老鹰的袭击，一只翅膀被打伤，在报告消息时，黯黑色的血，顺着羽毛，一滴一滴地滴在地上。但它表现得非常坚强，在整个报告的过程中，没有露出丝毫的痛苦神情，直到报告完毕，呼喊完"大熄王朝万岁！大王万岁！"之后，才在架子上痛苦地缩成一团。

熄要去看望三只劳苦功高的乌鸦，蚯说："岂能劳驾大王，我领它们来就是了。"蚯进了巫屋，出来时，就见他头上立着一只乌鸦，左右肩上各立了一只乌鸦。三只乌鸦随着蚯的走动，在有节奏地摇摆着。

蚯进了熄的宫殿，对坐在王座上的熄说："大王，它们来了。"

熄招了招手，让蚯带着乌鸦走近一些。

蚯便走上前去。三只乌鸦看着熄，越来越紧张，分别缩成一个个黑团团。

　　蚯感觉到它们在哆嗦，便伸出手去，一个一个地抚摸了它们："别怕，在你们前面坐着的是和蔼可亲的大王啊！"

　　熄从王座上下来了："就是它们吗？"

　　"是的，大王。"

　　熄的目光，在三只乌鸦的身上来回流动着。尽管他生来就不喜欢这种怪异的鸟，他还是感叹道："多么漂亮的鸟啊！"他转向将军们和巫师们，"世界上，还有比这更漂亮的鸟吗？"

　　"没有，大王。"

　　"没有，大王。"

　　……

　　熄故作深情地欣赏着它们："你们瞧瞧这黑色，多么地道的黑色，比夜还要黑！我喜欢黑色，就是这般的黑色！"

　　蚯说："黑色是世界上最高贵的颜色！"

　　熄点了点头："我绝对没有想到，我大熄王朝的千军万马，竟不如这三只乌鸦！"他转身面向那些将军，嘲弄地问道，"你们什么时候给我带来过如此令人振奋的消息？几乎就没有过！倒是这三只小精灵，竟然给我、给我们王朝带来这么让人心醉的消息！"他又转身面对书记官说，"写下，大熄王朝对它们的奖赏是：一、专人伺候；二、一生供以美食；三、庆典结束后，将它们的图像刻在八大城门的城头上，从此作为徽记。"他伸出手去，分别爱抚了三只乌鸦后，说，"带它们去吧。"

　　熄没有想到茫军的覆没竟如此的出人意料，那边千军万马围追堵截，却奈何不了茫军，而三个巫师竟然将浩浩荡荡的茫军永远留在了大沙漠上。他犹如在梦中，不是蚯十分肯定地、反复地告诉他这一结果，他竟不肯相信。"天佑我朝！"这是唯一的解释。大熄王朝彻底根除了隐患，从此天下太平。想到这一点，熄的心猛烈地跳动，眼睛里汪满泪水，眼前的一切，都在朦胧中变得让人充满美感和快意。

秋天，是一个好季节，即便是都城，也都飘散着各种果实的香味。

举行庆典的日子，是经过上上下下反复推敲与论证之后，才最终确定下来的。

那天是个很有讲究的日子，熄很喜欢这个日子。

当然应办成大熄王朝最盛大的庆典。大熄王朝的方方面面，都被调动起来、组织起来，共同投入到庆典的操办中。

熄非常了解民心："他们喜欢集会，喜欢游行，喜欢节日，要尽量满足他们。"

都城，万巷皆空的情景提前来到熄的眼前：男女老少，人山人海，在琉璃宫前的巨大广场上涌动、喧嚣，"大王万岁！"的呼声，海潮般在天底下滚动，从南到北，从东到西。他站在高处，朝他的激情万丈的子民摇手致意，很感动，也很矜持。那时，他清晰地看到了大海和云天，人群倒是虚幻不定，一时间，没有了声音，而只有哑默着的恢弘场景，他也定格在了茫茫的时间里：一动不动地，雕像一般地举着手。好长时间之后，他才又听到声音：从小到大，到猛烈，到震耳欲聋。他再次看到了狂欢的人群，他们呼叫着，似乎在朝他涌来。不知道为什么，他忽然感觉到自己有点儿孤独。这番孤独，是他所喜欢的。他想到了地狱，心变得酸溜溜的，并且十分的柔软。

更迷人的情景是在夜晚：满城的灯笼，满城的烛光。

熄知道，那天的实际情形，大概要远远超出他此刻的预想。

那天晚上，又有来自地狱的歌者和舞者，而这一次的规模比那一次焚烧最后一座书山时的规模还要大。它们将飘浮在整个广场的上空，将绝妙的歌舞呈现于他。从某种意义上说，这个庆典，其实是他一个人的庆典，因为只有他独自一人可以欣赏那些歌舞。

他的王朝，又向地狱之王额外贡献了大量珍贵的物品。

庆典的准备工作正在紧锣密鼓地进行。那一天的辉煌，将耗费掉大量的物资。所有的材料都是上等的，单用于制造蜡烛的蜂蜡一项，就要花费掉上万两的银子。数十万盏灯笼所用的材料，如果连接起来平展开来，可以覆盖整座都城，而扎灯笼用的竹篾，毁掉了都城郊外一大片竹林。一连几天，八大城门，川流不息，各种物资源源不断地运入都城。

琉璃宫里，到处欢声笑语。

十多个裁缝，不分昼夜地在为熄制作新的王服。款式、料子、图案，都是经熄反复挑选之后才确定下来的。选料时，几十位女子手托各种质地、各种颜色的布料，围绕着熄缓缓走过，就像一个硕大的花圈在旋转，直将熄看得眼花缭乱。

经过了几天的紧张忙碌，终于迎来了这一天。

都城像一个鼓鼓囊囊的口袋，哗啦一声将里面的东西都倒了出来，满眼都是人。

热闹了一个白天，到了晚上，庆典进入了最华丽也最激动人心的阶段。都城的灯光照亮了夜空，甚至连夜行的飞鸟都能看见。这些飞鸟本是在黑暗中飞行，进入城市的上空，忽然被亮光所照，一时竟无法判断自己的飞行方向了，在城市的上空飞着圆圈，费了很长的时间，才终于穿越了城市的亮光，再度飞进黑暗。

处处鼓乐，处处歌舞。

人流带起一股股风，卷下路边许多树叶。

叶子在灯光里金灿灿地飘舞，像金箔在空气里忽闪。

广场上的人们忽然觉得有股奇怪的凉风呼啦啦刮过头顶，抬头望望，还是那番天空，不禁感到有点蹊跷。

城楼上，熄坐在一张移动高背王座上。他终于听到和看到了来自地狱的歌舞。他专注地听着，看着，旁若无人。他身旁的将军们只能从他脸上的表情去感觉他的所见所闻。偶尔，他掉头看一眼他的将军们，心里不禁为他们不能欣赏如此妙不可言的歌舞而深感遗憾。

好几年没有欣赏这样的歌舞了。熄很佩服地狱方面，这么多年过去了，无论是歌还是舞，依然保持着高水准。那些经典的歌和舞，精髓犹在，重温它们，熄心中充满神圣。这些沉淀了数千年甚至更多年头的歌舞，像一块块瑰宝呈现在熄的面前。他为拥有地狱的艺术和人间的权力而倍感幸福和愉悦。与他曾在地狱时相比，现在又新添了一些新歌舞，它们触发出熄许多从未领略过的感觉。

他看到了天幕和天幕上的影子——那是舞者和舞的影子。

就在熄痴迷地观看这些歌舞时，突然他的身后出现了一阵小小的骚动。他有点儿不快地问："怎么啦？"还未等他身旁的将军回答他，只见一个身着铠甲的将军跌跌撞撞地走上前来，望着熄叫了一声"大王"，随即扑通跪在了地上。

熄觉得有点儿败兴，很不耐烦地问："怎么回事？"

将军伏在地上，只是一个劲儿地哆嗦。

熄身旁的一个将军认出了伏在地上的那个将军："大王，这是雀城守将猇。"

熄看着天幕上的影子问道："你不守着你的城，跑回都城干什么？"

"大……大……大王……雀……雀城……失……失守了……"

熄被天幕上优美的影子吸引了，一时未反应过来。

"雀……雀城……失……失守了……"

熄这才听清楚这句话，不禁一惊："什么？雀城失守了？谁攻打你的雀城？"

"茫……茫军。"

熄愣了一下，但随即大笑起来。他一边大笑，一边望着前后左右的将军以及巫师们："猇将军莫非是病了在这里说胡话？"他笑得浑身发颤，"茫军？茫军在哪里？还有什么茫军吗？难道那大沙漠上的累累白骨攻打了你的雀城？"他一边仰脸去看天幕，一边哈哈大笑。

他前后左右的将军和巫师们跟着熄一起笑。

"不！"猇抬起头来，大声地说，"大王，雀城真的失守了！茫军正向乌城进发，您不久就将会听到乌城失守的消息！"

"住嘴！"大将军狷大喝一声。

蚯指着猇："你简直胡说八道！"随即在熄身边嘀咕了一句，"真晦气！"

熄很恼火，头也不回地摆了摆手，示意身边的卫兵将猇拖走。

几个身强力壮的卫兵立即过来，不由分说地将猇从地上架起来，并拖向黑暗。

猇大声叫着："大王，雀城真的失守了！不久，乌城也将失守！茫军正浩浩荡荡一路南进啊！……"

熄从腰间拔出短剑咣当扔在地上。

大将军狷从地上捡起短剑，走向正在喊叫的猇。

黑暗里，狷突然将短剑刺进了猇的心脏……

庆典在深夜结束后，熄回到琉璃宫，心情一直不痛快。他对大巫师蚯说："你可听到了那个浑蛋的话！"

蚯说："他简直就是一颗丧门星！"

熄用疑惑的目光望着蚯。

蚯说："这大沙漠上又能有什么奇迹发生！大王，你可不要让那个浑蛋将军坏了你的心情！"

熄忽然感到累了，回寝宫去了。

熄一直睡到第二天将近中午时才醒来。

门外早有卫兵等候，听里面说熄醒来了，便匆匆进来："禀告大王，乌城守将狖将军凌晨就跪在殿前了……"

熄刚从榻上下来，本来还迷迷瞪瞪的，卫兵的这番话，犹如炸雷，突然使他清醒过来，望着卫兵："什么？"

卫兵重复道："禀告大王，乌城守将狖将军凌晨就跪在殿前了……"

熄一瘸一拐地冲出寝宫，直往大殿而去，远远地就见到了有一个人正缩成一团跪在殿前，他的手下意识地握住了腰间短剑的剑把。

熄一直走到了狖的跟前。

"大……大……大王……乌……乌城……失……失守了……"

熄的手紧紧抓住了剑把："谁攻打了你的乌城？！"

"茫……茫军……"

熄一脚踢翻了狖。

一身尘埃和血迹的狖被踢到台阶上，骨碌骨碌地向下滚去。

熄一蹦一跳地追过去，未等狖喊出"大王"，他便将短剑插入狖的心房，一股鲜血呼啦一下喷射到阳光下，雨点一般洒落在石头台阶上。

熄扔掉了短剑，又一蹦一跳地回到了殿前的平台上，随即歇斯底里地吼叫起来，不一会儿就惊动了琉璃宫里所有的人，一个个战战兢兢地来到了大殿前。

熄用血红的眼睛望着他们。

来自巫屋的所有巫师，都在瑟瑟发抖，大巫师蚯面如土色。

"哈……"熄突然如决堤的洪水一般大笑起来，"哈哈哈……"后来，声音渐渐小了下来。那一刻，他的个头忽然变小了。他在嘴中自言自语："我将遭天下人耻笑……"

他望着眼前的将军们和巫师们，苦笑着，朝他们点了点头，然后将目光长久地落在大巫师蚯的脸上。

蚯将头垂了下去，像一株断了茎的谷穗。

傍晚，琉璃宫又连续得到了好几起情报，彻底证实了茫军早已走出沙漠，正一路攻城闯关，向南挺进。

熄传下话去："杀死那三只乌鸦！"随即补充了一句，"用绞刑！"

得令者有点疑惑：对乌鸦怎么实施绞刑？

"绞刑！"熄说。他仿佛看到了三个身着黑袍的巫师，垂着脑袋挂在高高的绞刑架上，他们分别是：白眼、豁齿、红斑；或者是：蝙、蝎、蠓。

4

茫军走出了大沙漠，不久，便看到绿洲，一直走下去，所见皆是富庶之地。老百姓很喜欢这支军队，疲弱不堪的茫军因此得到了给养和休息，慢慢恢复了一点儿元气。因为大沙漠耽误了许多时间，他们不敢贪恋这里的舒适，等感觉到已经集聚了一些力量，便又开始加紧前行。

有两座城池挡住了他们的去路。但这只是两座不大的城池，并非熄军的重镇，加之两座城池的守将根本没有料到茫军会从他们这儿经过，守城士兵完全处于涣散状态，两座城池很快便被接连攻克了。

两场胜利，鼓舞了茫军将士，虽然一个个依然瘦弱不堪，但眼中却是秋阳一般明亮的目光。

柯却一直心事重重，从他在大沙漠边缘醒来的那一刻开始，他就愁眉紧锁。走出大沙漠后，当从老百姓那里得知眼下为何日时，他的心便被焦灼所笼罩：茫军主力已大大地耽误了与后方会合的时间，这将会使后方面临极其严峻的形势。

茫军的主力与后方并非总是形影不离，是否在一起，这完全视战略需要而定。主力与后方的会合和分离，始终是茫军做得最为漂亮的文章。后方给主力的，是充足的物资以及抚慰和安定，而从未成为包袱。事实上，这一次的分离，早在茫军主力进入大沙漠之前许多天就开始了。这是一次精心策划的分离。它的敲定，花了茫的将军们三个夜晚，直到所有将军、所有方面，都认为该方案已经滴水不漏才付诸实施。因为茫军要穿越大沙漠，有女人、孩子、羊群以及各种各样物资的后方，根本不能跟随主力部队，后方只能选择另外的路线提前出发。柯为后方配备了足够的兵力以保护后方的迁徙。它所选择的道路虽然绕远了一点，但都是熄军的盲点、空白点或是薄弱之处。它将在神不知鬼不觉的情况下，于秋季的这一天到达一个叫桐壶的地方，在那里与主力会合，再一起向南挺进。这一安排不仅避开了难以逾越的大沙漠，还将为主力一路搜罗必需的物资。随着战争的深入，茫军的战略也在随之调整。不断前进，依然是茫军的基本态势，但迂回，甚至突然掉头朝着与目标相反的方向，也愈来愈多地进入茫军的作战方案。形势告诉茫军：要在确定的时间内到达目的地，必须不断地消灭熄军的有生力量以减小前进的阻力，并更快更顺利地接近下一个目标。因此，主力和后方的情况有时会是：后方在另一条安全的路线上不断前行，而主力却在攻打一座城池、解放一片土地，后方为了安全而绕道费去的时间与主力因作战耽误的时间，有时计算得不差分毫，那边到达了一个地方，这边打完仗，走了一条道路也到达了这个地方。

茫军的主力与后方，是绝妙的二声部合唱，参差错落、此起彼伏、忽前忽后，但最终却又齐刷刷地会合在了一起，唱出一个欢乐的高潮。

但这一回出了意外，主力是无论如何也不能如期到达事先约定的会合地点了。

柯骑在马上，心像被人用一只有劲的大手死死攥着一样。

所有的将军，都面色沉重，目光里是深深的焦虑。

这天清晨，茫军的帐篷还四处散落着未被收起，茫和柯站在一棵大树下，望着晨雾中的山川、村庄和远树。周围尽是晨起的士兵的说话声和咳嗽声。枝头上，几只鸟藏在树叶间，清脆地叫唤着。茫用手梳理了一下被晨雾打湿的头发，对柯说："柯将军，我们还有什么办法吗？"

柯说："大王，只有另择新的路线。即便如此，那边的情况依然是危急的。"

"你是说，再走近道？"

"是。"

"说来听听。"

"穿越草原，但……"

"但随时可能碰到沼泽？"

"是。"

茫看了看正在收拾帐篷的士兵们，担忧地说："他们还经得起吗？"

柯弯腰将灰犬抱在怀中："那边若在桐壶久留，必定引来熄军的围剿。那边若遭不幸，整支军队也将一蹶不振。看这情形，事实上，我们已别无选择。"

茫看着漫山遍野到处走动的士兵与马匹，看着与晨雾混杂在一起的炊烟，心里很乱，一时无法作出决定。

柯说："大王，我军自诞生以来，就从未顺利过，可就是这支军队，总能置之死地而后生，这就是它与熄军的不同之处。"

"什么时候开始？"

柯说："今日。走出这片山区，紧接着便是草原。"

"只能这样吗？"

"只能这样。"

茫向放马的士兵招了招手，示意那个士兵将他的白马牵过来。那个士兵立即将白马牵到他面前，他便骑到马背上，沿着山坡，让马向下面的平地跑去了。

柯放下灰犬，也骑上了马，一路将命令传达到全部茫军："穿越大草原……"

5

傍晚，茫军便走到了草原。

草原像海。草将黄未黄，十分繁茂，晚风正吹，草浪此起彼伏。三三两两的飞鸟，贴着草浪飞翔，嘎嘎地叫个不停。天边处，一群褐色的鹿在往草原深处奔跑。它们的奔跑姿态非常奇特，高高地蹦跳着，极富弹性和节奏感，落下，弹起，弹起，落下。巨大的落日里，不时地有它们跳起的影子。

队伍没有得到停止行军的命令却不由自主地停止了行军。面对苍茫的草原，士兵们不寒而栗，不知一旦踏入，是否还有个边际。正是黄昏，草原的表情又是那么的诡谲，让人揣摩不透。大沙漠的记忆，又再度像泡沫一般泛起，于是一个个望而却步，只把疑惑的、担忧的甚至是恐怖的目光投射到草原的深处，而深处却是朦胧一片。

柯一言不发，骑着马，快速穿过军队。士兵们纷纷闪开。柯的马穿越于他们中间时，他们感受到了一股呼啦作响的大风。灰犬在马后翻滚的气流中一个劲儿地奔跑，一路发出呼哧呼哧的喘息声。

柯冲到了军队的最前头，犹豫片刻，一挥马鞭，让马突突突冲进了草原。

后面的士兵们一见，只好赶紧跟上。

柯不能让茫军将士驻足于草原的边缘犹豫太久，因为他清楚地知道，犹豫的时间越长，就越有可能瓦解他们的意志，他们已经都快支撑不住了。他必须趁他们还未彻底软弱下来之前，立即将他们带进草原。这有点儿像一个人站在冰凉的水边犹豫着要不要跳进水中，促使他们做出这一动作的最好办法莫过于突然有人从后面猛地一推，将他推入水中，虽不免会一激灵，但下去也就下去了。

柯没有停留，天黑之后，借着月光，率领军队，又向草原深处行进了很长一段路程，这才停止了一天的行军。

四周茫茫，不知哪里是边际。除了陆陆续续亮起的营火，便只有深不见底的黑暗。

简单地吃完饭之后，疲倦不堪的将士，甚至连帐篷都懒得支起，便随便往干爽的草地上一倒睡着了。

草原上空的月亮，仿佛不是城市或乡村上空的月亮，而是草原上空特有的月亮，很大，很近，安静而单纯，还有点儿寂寞和生疏地照着草原。很久很久，它仿佛生了根一般就悬挂在同样也是草原特有的天空中，用流水一般的月光照着那些沉沉入睡的茫军将士。自从有它、有草原以来，它还从未见过这样的情景，它痴痴迷迷地注视着。

远处的土丘上，一溜儿站了几十匹狼。它们站在那里，既不后退，也不前进，一动不动地观望着，目光蓝幽幽的。偶尔一低头，仿佛就有一对目光熄灭了，而再抬起头来时，黑暗里就忽地又亮起了一对目光。

熄了，亮了；亮了，熄了……土丘上，星星点点地闪烁不定。

没有一个茫军将士发现这些好奇的、怯生生的甚至是凶残的目光，因为他们睡得太死了。

人群的毫无动静，反而使狼群无法判断这里的深浅，都不敢贸然前行。随着一大片乌云对月亮的遮蔽，天地忽地大暗，狼群一惊，哼唧着都掉头远走了……

太阳都升到草原东头一棵大树的顶上了，茫军将士才一个接一个地醒来。

接下来，一连三天，都是不停顿的行军，每天夜里只休息一段很短的时间。

那个早到达桐壶的后方，时时刻刻地悬在茫、柯以及所有将军们的心上。随着时间的快速流逝，柯的心头总有一种不祥的感觉难以驱散。

行军的速度越来越慢，许多人一边走一边打盹。

通过一片沼泽地时，有一百多人眼睁睁地被沼泽吞噬了，其中还有一名将军。

柯连哀悼的时间都没有留给茫军将士，甚至不许他们回头，就催促他们迅速离开了沼泽地。

柯冷着脸走在队伍的前头，泪水却默默地流出，流到他蓬乱的胡须里。

一个个瘦得像一根根芦苇，一支队伍，越来越细，细得像根绳子。

但这根绳子却顽强地向前颤颤悠悠地移动着。

一群秃头鹰仿佛闻到了死亡的气息，一直跟随着茫军。它们展开翅膀，或高或低地在茫军的上空翱翔着。有时，它们会飞到前头去，落在草原上，等候着茫军的队伍。队伍一到，它们就又再度飞起，死皮赖脸地盯着地面。不时地，会有一泡白色的、腥臭的粪便从空中落下，总不免引起一阵阵骚动。

深夜茫军露宿时，它们就落在附近，见茫军没有动静时，它们居然敢摇晃着笨拙的身子，向茫军靠拢过来。那时，灰犬会突然冲向它们，它们便发出凄厉的叫声，赶紧扑腾着翅膀逃到远处。

再过一片沼泽地时，茫军又损失了五十多人。

疲惫不堪的茫军麻木了，甚至没有了悲伤，只是木然地看了看恢复了原样、好像什么事情也没有发生过的沼泽，又继续朝前一步一步地走去。

茫从这天早上开始，就注意到了一个老兵。他瘦得只剩下了一副骨架，颧骨高高地凸出，两腮下瘪，眼睛空空大大，面色十分灰暗。他挂着一根木棍，张大着嘴巴，跟随着队伍，十分艰难地走着，一副随时都可能倒下来的样子。茫骑着马从他身边经过时，他虽然一点儿力气也没有了，却还竭力振作了一下，从头上取下帽子，挺直了身体，挥着手中的帽子，向茫叫了一声："大王！"声音极为沙哑。

茫心头一阵发酸。茫朝他点了点头，放慢马的速度，陪着他走了一会儿，才渐渐加快速度离去。

中午时，茫又看到了这个老兵。

这时的老兵，每走一步，都已是在挣扎了。他的两只脚，已无力提起，只是在草地上勉强地拖行着。脸上全都是汗水。嘴巴不再是那么大张着，而是用牙紧紧咬着毫无血色的嘴唇。他的脑袋似乎很沉，勉强在脖子上立一会儿，便无力支撑一般垂下了。

茫骑在马上，侧目注意着这个老兵。当老兵打了一个趔趄又终于稳住了自己之后，茫不忍再看，赶紧催马离开了。但茫后来就一直惦记着这个两鬓斑白的老兵。太阳偏西时，便开始不由自主地在队伍里寻找着他。他骑着马，来来回回地走动着，所到之处，将士们都向他致意："大王！"他都好像没有听到，心里不顾一切地想着这个老兵。

有一个士兵跌倒了。他挣扎起来，走了几步又跌倒了。他又一次用双手支撑起自己的身体。这时，茫看到了他的面孔：正是那个老兵。茫立即从马上跳下，连忙跑过去，双膝跪地，用胳膊托住了老兵。

老兵看到了茫，浑身颤抖起来。他叫了一声"大王"，随即老泪纵横。

无论老兵如何拒绝，在茫的执意坚持下，几个年轻的士兵过来，一起将老兵扶上了茫的白马。

不久，天色大变，天空乌云滚滚，如黑潮一般。没过多久，刮起大风。那风从天边而来，草原空空荡荡，没给它一点儿阻拦，它便越刮越凶，旋转着，滚动着，咆哮着，一路气焰嚣张地猛扑过来，将枯草和浮土卷到半空中，再打在人脸上，疼得发麻。瘦不堪言的茫军，真让人担忧会被大风卷走，转眼间就再也见不到一个人影。他们似乎感觉到了这种威胁，便手拉着手地往前走。于是，这支队伍，这根绳子，便在风中飘动着，但这根绳子坚持着，绝不让自己断掉。

风小了一些，雨来了。没有过程，一来，便是倾盆，哗啦啦倒下来一般，使人无法睁眼，呛得人无法呼吸。茫军将士，身体前倾，头颅低垂，咬着牙，迎着暴风雨，一步一步地向前迈进。一个人倒下去，便有四五个人过来将他拉起，于是，这个倒下去的人，又挣扎着跟随队伍向前走去。没有人叹息，没有人呻吟，艰难的喘息声也早已淹没在汹涌澎湃的风雨中。

淋湿了的将士，像一根根落尽叶子的芦苇。

茫看着摇晃着的将士，心很酸痛。

风不停地刮，雨不停地下。队伍行走得越来越慢，随时可能瘫痪在风雨中的草原上。

骑在白马上的老兵，挺起胸膛，仰面朝天，突然大声地吼唱起茫军的军歌。那军歌不是从低向高攀升，一开头，就打在高处，打在云端。

随即，将士们纷纷跟进，一起将茫军军歌唱响在风雨交加的草原：

一根根芦苇，强劲地直立着。绳子绷得紧紧的，笔直的一根，锐不可挡地穿越着漫天风雨……

6

茫军后方按时到达桐壶后，却不见茫军主力的影子，开始也没有多疑，更未惊慌：这么远的路程，大部队一路上随时都会碰上新的情况，不能准时准点地赶到会合地点，那也是正常。

守卫桐壶的只是熄军的一支微不足道的力量，早在茫军后方到达前就全部逃之夭夭了。

这是一个美丽的地方。群山之间，藏着一座古老的小城。潮湿的城墙上，长满了厚厚的青苔，更使人觉得它的古老。树木处处，时值深秋，黄叶、红叶，有落下的，在水里漂，在空中飞，在地上跑，也有依然还在枝头的，而且很多，就满山满街地黄，满山满街地红。这里没有一丝尘埃，那叶子干干净净的，黄也好，红也好，都很鲜亮。鸟在山头之间飞，在山与城之间飞，并且鸣唱不停，唱给山听，唱给城听，唱给树木和人听。站到高处，一道又宽又高的瀑布，白花花的水仿佛从天而来，到了万丈悬崖，忽地没有了路，回又回不去了，便垂直地跌落下去。远远看去，那水仿佛有点儿稠，像宽幅白绸在空中飘动。

只顾赶路的茫军后方，一路上虽也有风景，却不敢有一刻的耽误，全无心思观看，现在有了闲暇，便格外地迷恋起桐壶的风景。到处走，到处看，不时地，就有一番惊讶："你看那远处的山！""你看那棵树！"……桐壶的老百姓对他们充满了好奇心，或站在街边，或推开窗子，静静地看着他们。一张张善意的面孔，使全城百姓渐渐消除了戒心。他们开始点头、招手，继而开始搭话，继而开始说笑。只一天的工夫，桐壶便成了茫军的城。

后方很庞大，大量的物资、马匹等都未进城，而停在城外道路或空地上。进入桐壶城的，只是一些人。他们兴致勃勃地走在街上，在街边的店铺进进出出。一些小孩就跟着他们。他们偶尔回头去，那些孩子便忽地站住了，见他们一个个都笑嘻嘻的，便大胆地走过来，问他们来自何处，又要去向何方。他们就很耐心地回答这些孩子，这些孩子似乎听明白了，又似乎没听明白，但都不停地点头。

由于是一座生疏的城，怕有不测，后方上上下下因此都得到命令：不得有一人留宿城中。天黑后，全都走出城外宿营。城外，处处是帐篷。

半等待，半闲逛，一天过去了。深夜，有不少人醒来了。见依然听不见茫军主力的马蹄声，就再难入睡了。他们静静地听着，然而，只有远处大山传来的林涛声、轰隆隆的瀑布声和偶尔几声夜鸟的鸣叫声。心里便开始有了紧张，他们既担忧茫军主力的安危，也担忧自身的处境，如果茫军主力太多地拖延会合的时间，熄军一定会有所察觉，他们就会调集桐壶周边的所有军队向他们聚集过来。后方虽然也有军队，但毕竟不是主力，即使能够对抗一阵，却终究是要被击败的。想到这一点，一个个心仿佛忽地被人用手紧紧攥住了一般。

第二天，虽然看上去，一个个也还是轻松的样儿，但对桐壶的风景已经有点儿心不在焉了。一个个都不时地用目光眺望城外的路，用耳朵去听远处的声响。

王在哪里？

茫军的主力在哪里？

担忧正迅速转变为恐慌。

皂营的男孩们始终坚守在羊群身边。这群羊对他们来说，每一只都是神圣的，因为那是大王的羊。他们将全部的心思、全部的精力，也将全部的忠诚都用在了它们的身上。如今，大王的羊群因不断地繁衍，已经十分壮观。柯将军又增派了五名男孩来扩充皂营，皂营已成为茫军的一个单位。

长途跋涉之后的羊群，本应在到达桐壶之后，安心地享用这里肥美的青草，但当它们一踏入桐壶的土地之后，就显得有点儿烦躁不安。它们不时地仰起头来，无缘无故地叫着，并且到处乱窜。

疲惫不堪的皂营男孩，只好振作起精神，密切地注视着这些奇怪的羊。

又等待了一天，依然没有茫军主力的音讯。于是，后方部队立即组成四支小小的队伍，每人一匹好马，离开了桐壶，分别从四个方向，开始了对茫军主力的寻找。

所有的人都得到了一个命令：全部队伍都驻扎在城外，任何人不得进城，各自待在各自的位置。

护送后方的几位将军一个个神色凝重，隔不多久，就会碰一次头，分析当下的情势，然后作出判断。他们几乎已经认定：一场残酷的厮杀即将到来。

所有的士兵都身着戎装，并且与武器寸步不离。

初时，附近驻扎的熄军以为是茫军的主力到达了桐壶，但不久就搞明白了，这是茫军的后方从另一条安全路线抵达桐壶，准备在这里与茫军主力会师，然后在这里稍加休整，再一同挥师南上，但现在的情况是，茫军主力不知消失在何方了，而只有后方在这里痴痴地空等着。明确了这一事实之后，驻扎在桐壶周边大大小小的城池与关卡的熄军很快串通一气，向桐壶围拢过来。他们像一群张牙舞爪的剑齿虎，强烈地渴望着，要将茫军后方这只巨大的长毛红象杀死在桐壶。

这天黄昏，一个士兵偶然看了一眼瀑布，只见瀑布口两侧的悬崖边上站了一溜儿身着铠甲的士兵，在他们的身后，一杆熄军的大旗，在晚风中翻卷着。这个士兵见此情景，先是愣了一下，转而不免有点儿惊慌失措地大声叫道："熄军来了！"

于是，无数张茫军的面孔转向了瀑布方向，只见瀑布口两侧熄军愈聚愈多，走到悬崖边的战马前蹄腾空，脑袋仰天长长地嘶鸣着。

茫军的后方，所有的人顿时有了箭在弦上的感觉。

一直不能安定的羊群，这会儿倒变得十分的安定。它们一个个站在那里，动也不动。只有一只出生不久的小羊羔在奶声奶气地叫唤，更衬托出四周寂静得让人受不了。

悬崖边的熄军不一会儿便转身离去了。上游地区大概在下雨，瀑布变得宏大起来。

茫军的后方立即进入作战状态。护送后方的将士，在极短的时间内，都到达了预定的位置，那是一些路口和容易被突破的地方。他们的身后，便是物资、马匹、羊群和大量的武器工匠、钉马掌的、制作被服的……所有向茫军提供后勤保障和供养的人，都在这里。还有不少妇女与儿童。

夜幕降临之后，所有的人都更加紧张。即便是风吹草动，也会引起茫军一阵骚动。现在，茫军还不知道究竟有多少熄军在向他们包围过来。但从四周杂乱的马蹄声和熄军的跑步声听来，熄军所调集的力量是惊人的。毫无疑问，茫军面临的是一场力量悬殊的恶仗。

一轮明月，照着美丽的桐壶。

山，无论远近，都像沐浴在牛奶里。没有一丝风，树木花草皆无动静，只有那道瀑布的倾泻之声，嘭嘭嘭的，让人心焦。

桐壶小城的人家也都感觉到了情势的严峻，关紧门窗，在黑暗的屋里，揪心地听着外面的动静。

远远近近的，有几条狗在月光下吠叫。有城里的狗，有远处山村的狗。狗声与狗声在空中相遇了，仿佛在诉说着焦急与不安。

全体护卫后方的茫军将士，都将武器握在手中，准备随时出击。他们的心抖抖的，握武器的手出了许多汗。怕汗多，武器在手中打滑，因此，将士们不时地将手在衣服上擦一下，以便武器能在手中握实了。

随着夜色加深，茫军将士的心也在一点儿一点儿地发紧。

此时此刻，所有后方的人都在向苍天祈祷，愿茫军主力快点儿赶到桐壶。

为首的熄军将军是独，这是一个老谋深算的家伙。根据他掌握的情况，茫军主力在短时间内根本无法出现在桐壶。因此，根本没有必要立即对茫军的后方动手。他对其他熄军将军说："且耐住性子，好好折磨折磨他们。现在是夜晚，一切虚幻不定，是折磨他们的最好时候。你们难道没有感觉到他们一个个把心弦绷得紧紧的吗？就让他们这样绷着。多好的一轮明月啊。大熄王朝总能获得绝佳的机会。别看他们人数不少，但绝大部分人都不是士兵。收拾他们，犹如瓮中捉鳖！所以不必着急，等他们的心弦绷得快要断掉时，我们再出击也不迟！传我的话，让所有的人都安心睡觉，让茫军一夜瞪大着眼睛吧！"他又再度抬起头望着夜空。月在中天，正是光华最美的时刻。

茫军将士果然瞪大眼睛，熬了整整一夜。

晨雾渐渐散去时，茫军与熄军都清楚地看到了对方。熄军并无惊讶，因为昨天黄昏时，他们已经看到了茫军的全部，惊讶的只有茫军：熄军像虫子一般，落满了周围的大地。

将近中午时，熄军进攻的号角终于吹响了……

7

派出去的四支寻找茫军主力的队伍,其中一支,在草原的边缘,终于见到了茫军主力。

知道桐壶的危急情况后,茫当即决定:组成一支骑兵队伍,火速赶往桐壶。

柯等将军赞成这一办法,但不同意茫前往。理由非常简单:茫军不过两千骑兵,力量十分单薄,与几万甚至可能超过十万的熄军作战,风险极大。

但茫非常固执,即使众将军都来说服他,最终也未能动摇他率骑兵前往桐壶拯救后方的意志。

柯只能叹息一声。

两千骑兵,暂时告别了茫军大部队,马不停蹄地朝着桐壶方向,不分昼夜地进发,一路上,累死数十匹马。

无论是熄军还是茫军,谁都心里明白:后方一旦毁灭,全军就将面临灭顶之灾。熄军大将独,在发现茫军后方与主力无法在预定的时间内会合,调集了桐壶周边数万大军将茫军后方围困在桐壶之后,就已经派人骑马赶往都城报告消息。就在茫军主力与后方的寻找队伍会面之时,熄也在琉璃宫里接到了独传来的特大喜讯。那时,他正在处置一些城池失守的守将,听罢这消息,他挥了挥手,赦免了那几个已经面如死灰的守将。

熄军的攻势十分强劲,他们呼叫着,从林子里、山坡上、庄稼地里,向茫军猛扑过来。灿烂的阳光下,剑、刀、长矛等各式武器闪闪发光,刺得人有点儿睁不开眼。很快就进入短兵相接的交战状态,到处响起武器与武器相击的一片金属之声。骂声、吼声、叫唤声、呻吟声交织在一起，惊得树上的鸟纷纷飞入高空，凄厉地鸣叫着。

血使泥土渐渐变得泥泞一片。

本是水果飘香的季节，现在的空气里却是一阵阵令人恶心的血腥味。

羊群开始焦躁不安，一只只都很不听话，拼命挣扎着往别处跑，往刀光剑影处跑。皂营的男孩子们不停地奔跑，坚决地阻拦着。他们一个个累得满头大汗，张大嘴巴，艰难地喘息。

到了傍晚，茫军像遭遇滚滚不息的山洪的大堤，开始显出溃败的迹象，不时地出现豁口。当熄军企图冲过豁口时，茫军将士又奋不顾身地将豁口补上了。但茫军已经开始无奈地后撤。一些岁数小一点儿的孩子，吓得哭了起来。

城头上站了一些桐壶的百姓，他们被眼前的情景惊呆了，一个个克制不住地颤抖着。

按照原先设定的方案，护卫后方的茫军在前面死死抵抗，后面的人则开始将物资等运进城中。本来让物资和军队停在城外，就是防备熄军围城从而成为瓮中之鳖，而现在却又不得不暂且转移到城中以延长战争、等待主力。

天将黑时，茫军丢下数百具尸体，连人带物资全部撤进城中，并迅速关起城门。

见天色已晚，熄军并未紧接着攻城，在茫军曾驻扎的地方驻扎了下来。

一夜无话。

第二天，就当熄军攻城正猛、桐壶城摇摇欲坠之际，茫率领的茫军骑兵出现在了瀑布口的两侧。

带着一路尘埃的茫军大旗，漫卷山头的大风，搅动着阳光，也搅动着水光。

熄军大惊，攻城立即停止，惶惑地望着瀑布两侧的战马以及马上的战士。

他们无法想象眼前出现的竟是茫军。因为根据所得到的准确情报，茫军主力即便是脚底板上擦油，也不可能现在赶到桐壶。然而眼前高高耸立着的战马与战士，分明就是茫军。一直耀武扬威的熄军，顿时军心涣散，一个个木呆呆地站着，不知所措了。

城中的茫军后方则欣喜若狂。他们互相拥抱着，在桐壶城的街上又蹦又跳。桐壶城的百姓也默默地为茫军感到庆幸。

但事情到了午后，便有了转折：熄军终于摸清了情况，茫军大部仍在赶往桐壶的途中，现在出现在桐壶的，只是人数不足两千的茫军骑兵。熄军颓败下去的气焰，又再度嚣张起来。不同于原先作战方案的是，熄军只划分出一小部分力量继续围城，而将大部分力量用在对付茫军的骑兵上。他们重新调整部署，转过身去，朝着茫军骑兵一步一步地逼将过去。

茫迅速率领茫军骑兵来到了一片开阔地带，然后分为三支横队，威风凛凛地展现在熄军的面前。虽然他们在人数上无法和熄军相比，但在气势上一下子遏制住了熄军的进攻。

独很恼火，冲着停止了步伐的熄军大骂。

然而熄军还是不敢前行。僵持了很久之后，熄军望着两千茫军骑兵，再看看自己漫山遍野的人马，又重新找回了扑杀茫军骑兵的勇气，在独的带领下，颤颤抖抖地喊叫着，又开始了对茫军骑兵的进攻。他们操着武器，踏着统一的节奏，"咻通咻通"地向茫军骑兵走来。泥土被人脚与马蹄反复践踏之后，腾起一团团尘烟，远远看去，仿佛是浓浓的黄雾。

当茫看到攻城的熄军已被他们吸引过来，不禁松了一口气。而当熄军一步一步逼近时，心又一点点地紧缩起来。

他和他的将士们，抓紧僵绳，不言不语地骑在马上，目光炯炯地瞪着大呼小叫的熄军。

接下来的厮杀十分残酷。

独觉得这是他为大熄王朝建功立业的绝佳机会。他对他手下的将军们说："拿十个换他一个，拿一百个换他一个，哪怕拿一千个换他一个，都行！"他希望看到一个壮丽的情景：熄军将士不断地踏着自己人的尸体勇往直前！

厮杀直至黄昏，茫军骑兵伤亡近三分之一，虽然仍在不屈不挠地与熄军对抗，但已渐渐气力不支，当夜幕降临时，不得不撤离到一个有利于防守的地带。

夜色浓重，熄军没有急于追赶，只是就地驻扎，等待明日。

夜空之下，是熄军伤兵夸张的呻吟声和茫军伤兵有节制的叹息声。

深夜，疲倦不堪的茫在朦胧里听到了羊的叫唤声。他揉了揉眼睛醒来了。羊一声一声地叫唤着，愈叫愈高。它来自桐壶小城中。茫很快听出了这个声音——那是头羊坡的声音。这声音苍老了许多。头羊，坡，是羊群中最老的羊了。"它为什么叫呢？难道它知道我就在城外吗？"茫的鼻子酸溜溜的，眼角很快渗出两颗泪珠。

不一会儿，又有其他的羊跟着叫唤起来。

茫竭力分辨着那些声音，判断着它们一个个究竟都是谁。坛吗？坝吗？坎吗？坷吗？坪吗？垛吗？培吗？塔吗？……好像是，又好像不是。它们在长，难道声音也在长吗？有些声音，他是根本听不出来了。那些羊，大概都是后来新出生的羊羔长大的。它们虽然都有他给起的名字，但他却没有见过它们，更不知道它们的声音了。但他能判断出，它们的声音，不是来自其他的羊群，而百分之百来自他的羊群。他的羊群是一个家族，只有这个家族的羊会如此叫唤。

一年里头，会有许多羊羔诞生。每诞生一只羊羔，皂营的男孩们都会立即将消息传递到茫这里。为这些羊羔命名，便成了茫的一件神圣的事情。天长日久，这一过程甚至有点儿仪式化了：小羊羔落地之后，皂营的男孩便从它的头部剪下一小撮胎毛，然后用一块红布包好，再由一个皂营的男孩骑马将它送到茫的手上。茫接下这个布包，打开来看过这撮洁白的胎毛之后，重新包好，交由专门的人保管，然后，茫根据羊羔的性别、出生地点和时间，给出这只羊羔的名字。名字写在茫专用的纸上，折上，放入纸袋，交给前来报喜的皂营男孩。皂营男孩回到后方，打开纸袋，取出那张纸，展开，大声宣读那只羊羔的名字——那时，这只小羊羔由一个皂营的男孩抱在怀中，小羊羔的脑袋冲着茫所在的方向。

　　这些羊，为茫军立下了汗马功劳。它们不断地贡献世界上少有的一流羊毛，帮助茫军抵御了一个又一个寒冷的冬天。所有茫军的将军，都有一件用这些羊毛做成的轻盈而暖和的冬衣。它们还在不少有关茫军生死存亡的时刻，用它们特有的智慧解救过茫军。

　　而现在，它们被困在了小小的城中，已经几天无草可吃了。两只不久前产下羊羔的母羊，因为缺乏草料而导致奶水不足，不能吃饱的小羊羔便不停地叫着。

　　茫从羊的叫唤声中听出的，却是担忧——它们在为他而担忧。他懂得它们的语言，更懂得它们的心。

　　羊们也懂得他：他肯定来了，他会不顾一切地前来解救它们，解救后方的。现在，它们只能与他遥遥相对，用声音去向他诉说，去安慰他。

　　茫走出军帐，朝桐壶城方向望着。月光下，那座被围的小城，是黑色的，城垛依稀可见。

　　第二天，熄军加强了攻势。独有了一个让他兴奋不已甚至让他的心颤抖不止的判断：率领骑兵前来救援后方的是那个年轻的王——茫！他是在开战后不久觉察到的。他发现，在骑兵队伍中，有一个一下子就与他周围的骑兵区别开来的骑兵，他骑在一匹高大的白马之上，气度极其不凡，那张英俊的面孔令人过目不忘。起先，他只以为他是一个年轻的将军，但很快，他感觉到了马上少年周身散发着一股王气，那王气几乎就像是火焰一般在燃烧，让人不敢正视。他还发现，这个与众不同的年轻骑兵，总是被许多骑兵遮挡着，阻止他独自前行，这使那个年轻的骑兵很恼火。使独作出这一判断的更重要的依据来自他对茫的了解：那个当年的放羊娃，从来就是身先士卒走在前头的。在两军暂时休战之时，独对其他熄将说："这一回，是那个放羊的小子愚蠢了！"他决定在茫军大部到达之前，以最快的速度彻底结束这场战斗。这天早晨，太阳还未升起，四周晨雾缭绕，熄军便开始猛烈进攻。宁静的早晨，立即被杂乱而急促的马蹄声粉碎了。

经过几番激战，茫军骑兵所存的实力，已经不能主动出击，而只能防御——即使是防御，也已经很吃力了。在熄军的疯狂进攻之下，茫军骑兵只好向更高处的山坡上撤去。由于处于居高临下的地势，暂时又扼制住了熄军的进攻。

进攻的熄军坚守在山下等待时机……

茫军骑兵与桐壶城又拉开了一段距离。

"很好！"独说，"就是要将他们远远地隔开，让他们无法遥相呼应，让他们感到孤立，让他们先在心里垮掉！"

城中的后方，已看不见茫军的骑兵了，一下子由斗志高涨变为情绪低落，甚至开始惶惶不安。他们甚至怀疑：救援的茫军是不是在熄军的攻击之下已经撤退了？而被熄军逼到山坡上的茫军骑兵，除了面对大山，就是面对黑压压的熄军，觉得自己已几乎走到了绝境，且又听不到后方的动静，心里愈加虚空。

后方和茫军骑兵，都在心里迫切地想看到对方，想感知到对方的存在。只要互相能够看见，哪怕相隔着，便都有了信心和斗志。

心中的火光，随着彼此被孤立，而不由自主地黯淡下去。

"这很糟糕！"柯说，"我们必须向桐壶城靠拢，让他们能够看到我们——只有看到我们，他们才能有勇气坚持下去！"他亲自带领骑兵，趁熄军休息之际突然反攻。但结果未能如愿：熄军只是被迫后撤了很短一段路程。

就在双方无法感知对方的存在时，傍晚，城中后方升起的一道炊烟令人无法解释地向远处的茫军骑兵的上空飘去，而几乎与此同时，茫军骑兵兵营的一道炊烟迎着那道来自桐壶城的炊烟，悠然飘去。两道炊烟，一是蓝色的，一是乳白色的，十分轻盈地在天空下飘动着。

全桐壶城的人都仰起头来观望着。

全茫军骑兵也都仰起头来观望着。

即使熄军，也都一个个仰起头来观望着。

两股无忧无虑的炊烟，毫无阻碍地向对方飘去，有时，看上去像两溜秋天的云。它们又很像两个淘气的孩子，一路飘，一路玩耍，在空中留下一些好看的弧线和圆圈。

离得越来越近了，这时，它们加快速度，迎向了对方。

在相隔不远的地方，它们各自停下了，仿佛在互相打量对方。随即，各自朝对方扑了过去，紧紧地拥抱在了一起，像一对失散的兄弟相遇了。

桐壶城中的后方与山坡上的茫军骑兵，都感到无比兴奋和激动，仿佛那不是两股烟拥抱在了一起，而是他们拥抱在了一起，许多人热泪盈眶。他们仰望着天空炊烟的会合，欢呼着，跳动着，士气大振。

熄军呆呆地望着天空……

8

此时，皂营中的一个男孩找到了护卫后方的茫军将领栌，将他的一个主意说了出来。栌将军听罢，先是愕然，接着便是激动不已。他立即召唤一些人过来，向他们传达了命令：立即动手，制作八百只红纱灯。

谁也不明白栌将军制作红纱灯的目的，但既然是命令就得执行。他们找到了桐壶城几乎所有的会制作纱灯的人，将他们集中到了一起，交给了这个男孩。

男孩便带领他们，夜以继日地制作。

这天傍晚，八百只纱灯便都做成了。

接下来，便是一群人在全体皂营男孩的指挥下，给所有羊的角上绑了一根竹竿，然后在竹竿的两端分别挂上了纱灯。

这些羊仿佛知道自己将要去完成一件什么样的事情，一只只都很乖巧。等挂上灯笼后，它们就原地站着，生怕乱跑在什么地方撞坏了这些灯笼。那样子仿佛是一些化了妆的孩子马上要登台演出了，现在静静地站在后台，小心翼翼地保护着自己，生怕脸上的油彩被弄花了或是身上的戏装被弄皱了。

这个夜晚，是茫军骑兵，也是茫军后方生死存亡的夜晚。

熄军将领独又从周边调集了不少熄军，并决定在夜幕将临之后，只留下一小部分熄军继续围城，而将大部分围城熄军撤出，参与对茫军骑兵的歼灭战。进攻时间定在拂晓前。

独对将军们说："我希望太阳升起时，我看到的骑在茫军战马上的，统统是我们的士兵！"

红色的河流

这个夜晚极其安静，无论是桐壶城中，还是熄军营地、茫军骑兵营地皆无动静，仿佛这里的战争已经彻底结束，并且人空地净。

深夜，桐壶城通往后面山坡上的一条暗道被打开了。它本是桐壶城守军用于逃跑的通道，现在却成了羊群走出城外的道路。皂营的男孩们赶着羊群很快通过了这一通道，来到了城外的山坡上。与他们一起走出通道的，还有数百名精悍的士兵。羊群先被集中在一片茂密的树林之中，然后在林中排好队伍。这时，所有的人一起动手，点亮了所有的纱灯，刹那间，林子里一片灯火，树木与人皆被染成了红色。

一切准备就绪之后，皂营的一个男孩拍了拍坡的屁股，它便立即冲出了树林，随即，羊们一只跟着一只地冲了出去。

那时的熄营，正在酣睡之中。

茫军骑兵营地的哨兵首先看到了鱼贯而来的红纱灯，随即报告了柯。柯走出军帐时，见眼前的情景，不禁"啊"了一声，而那时，羊群不过才从树林里奔出一半。他竟一时愣在那里，不知这天底下究竟发生了什么事情。

被骑兵们里三层外三层围着的茫忽然被惊动，急忙跑出军帐，拉过白马，翻身骑了上去，并冲到了前面。这时的羊群已差不多都已跑出了树林。

天空下，红纱灯就像一条红色的河流在向前奔流。

不一会儿，领头的坡就跑到了茫的面前。它见到茫后，一下子站住了。茫也很快认出了坡。他翻身下马，跑了过去，双臂搂住了坡的脖子，嘴中不住地问："你是坡吗？你是坡吗？……"

坡的眼睛里似乎在闪着泪光。

熄军从发现红纱灯到将独叫醒，八百盏红纱灯已经全部亮在熄军与茫军骑兵之间的一段空空的坡地上。这仿佛从天而降的红纱灯，让所有看到这阵势的熄军不禁生出一股寒气。他们不知道究竟如何解释眼前这番气势宏大的物景:莫非是天兵天将?莫非是茫军主力的大部已经赶到了桐壶?

熄军先是震惊,继而便有人开始下意识地往城的方向后退。

所有的羊都面对着茫军的骑兵将士。八百盏灯笼只是在闪烁光芒,却纹丝不动。它们一个个神情庄重,仿佛在等待茫的命令。

茫转身跳上白马,看了看不远处的熄军营地,突然拔出剑来,向熄军方向一指,只见所有的羊都掉转头去,然后猛然向混乱的、惶惑的、迷迷瞪瞪的熄营冲去。

熄军一时无法看清羊,而只是看到红通通的灯火,不管独如何叫骂,也无法阻止熄军扭头朝城下仓皇窜逃。

独忽然发现只有自己一人还立在阵地上,不禁一阵惊恐,慌忙上马,也向城下跑去。

大量的熄军还在睡梦中,当他们还在迷迷糊糊地问"怎么了怎么了"时,羊群已经冲进了熄军营地。几个光着身子的士兵,挥舞着手中的武器,几只羊倒了下去,灯笼呼地烧着了。地上的草已经枯萎,很快被点燃,不一会儿就蔓延到帐篷。帐篷很快被点着了,呼啦啦地燃烧起来。那帐篷一座座都离得很近,当羊群越过熄营去追赶逃往城下的熄军时,庞大的熄营不一会儿就成了火海。大火映红了半边天空。未来得及逃跑的熄军便统统葬身在了火海之中。

活着的熄军像潮水一般涌至城下。

刚才还一片黑暗的桐壶城,忽地亮起万家灯光,站在高坡的茫军骑兵看到桐壶城金色一片。

就在这时,高高的城头上,出现了一个女子,她手提一盏红纱灯立在那里。夜风吹着她的长发,也吹着她的长裙,飘飘欲仙。

茫军骑兵中，茫第一个看到了城楼上的红纱灯。也许，这一刻，他一切都明白了。他望着那盏几乎好像挂在天上的红纱灯，犹在梦中……

城头上忽地出现一排箭手。

她开始唱歌。她先是低低地吟唱，忽地将音拔到高处，也就在这时，万箭齐发，直射向早已溃不成军的熄军，城下一片哀号声。

桐壶百姓也都涌上城头，他们向城下扔去、砸去可以扔去、砸去的所有东西：棍棒、瓦罐、铁锅、石灰……

一位白发苍苍的老太太让孙儿孙女抬来一大桶滚开的热水，然后，她用一把木勺，向下一勺一勺地浇开水，被烫着的熄军便叽里呱啦地乱叫。

歌声中，城头的茫军和百姓斗志高涨。他们一边嗷嗷大叫，一边将箭与飞刀送进熄军的胸膛，用石头之类的沉重器物砸得熄军脑袋开花。

红纱灯像一朵硕大的花盛开在夜色之中，使这个夜晚变得无比的华丽。

它在摇摆、跳跃，在空中留下无数的红色弧线。它们在快接近熄军时，已不再保持一条横队，而变为争先恐后的红色浪潮，汹涌着，后浪推前浪地向桐壶城涌来。有些灯笼在奔跑中燃烧起来，就仿佛在红色的潮涌中忽然爆出一朵红色的浪花。

它们身后的熄军军营已化为灰烬，正在夜空下冒着青烟。

熄军终于发现了红纱灯与羊群的关系，不禁对那些白色的生灵大为恼火。他们转过身去，挥舞着武器，向羊群扑去。

而羊们却毫无畏惧地向那些大刀、长矛奔跑过去。

十几只羊倒下了，红纱灯或是熄灭了，或是燃起来。

然而，后面的羊群却前仆后继地又冲了上来。

就在城下熄军对羊群大开杀戒之时，桐壶城四周的城门几乎同时打开了，四支茫军号叫着冲出了城门。

而在此前一刻，山坡上的茫军骑兵已在茫的率领下，正扑向城下熄军。

熄军估量了一下自己的力量，便开始向茫军骑兵一侧突围。

当熄军与茫军骑兵马上就要交手时，柯向全体茫军骑兵下达了命令："不要阻挡，让他们通过！"

茫军骑兵困惑不解。

熄军很容易地就冲出了茫军骑兵的防线，但就在他们刚刚走出一半人马时，柯又跑马向全体茫军下达了命令："拦腰截断他们！"

茫军骑兵听到命令，像一把利剑挥来，将熄军分为两半。前面的一半只顾逃跑，根本不顾后面被拦下的一半。后面的一半便被城中杀出的茫军和茫率领的骑兵包围起来。拂晓前，被围的熄军，一部分投降了，另一部分顽抗者被就地歼灭了。

太阳刚刚升起时，收拾战场的茫军无意中看到了一个景象：逃窜的那部分熄军纷纷出现在瀑布口与瀑布口两侧的悬崖边。仿佛有什么力量在挤压他们一般，他们一个个朝悬崖边一步一步地退着。紧接着，就看见这些熄军纷纷坠落，最终被强劲的水流冲倒了，随着水流，与瀑布一起跌落了下去……

太阳升至桐壶城的城头时，人们看到瀑布口两侧又出现了无数的人马。随即，一杆茫军的大旗，在瀑布的上空翻卷起来——茫军主力已抵达桐壶……

选自长篇小说《大王书》第二部《红纱灯》

瞭望塔

吃罢晚饭，细米给了梅纹一个诡秘的眼神，梅纹也回了细米一个诡秘的眼神，两人一前一后出了家门。

院门口，两人被正在校园里散步的老师遇上了。

林秀穗问："细米，又要和你梅纹姐出去呀？"

细米不回答。

宁义夫说："细米，可以带上我一个吗？"

细米也不理。

两人走出校园，穿过麦田、玉米地和一片树林，眼前就是一片苍苍茫茫的芦苇。

水湾边的一棵柳树上拴着一条小船，好像是细米早准备好了的。他先上了船，然后，召唤梅纹："上来吧。"

"我们要去哪儿？"

细米一指芦荡深处："去那儿！"

"去那儿干什么？"

"到那儿你就知道了。"

梅纹望着小船，不敢上去。

细米伸给她一只手。

梅纹紧紧抓住细米的手，才战战兢兢地上了船，其间因为小船晃动了一下，还尖叫了一声。

细米不住地说："没事的，没事的……"

等梅纹坐稳，细米先用竹篙将小船推离岸边，然后，很熟练地摇橹，小船就在月光下，很流畅地朝芦苇荡驶去。

岸边出现了红藕。她"呼哧呼哧"地喘气，一时叫不出声来，只是朝远去的小船摇着手。

她是晚饭后来到细米家的，见了细米的妈妈就问："舅妈，细米呢？"妈妈告诉她："好像和他梅纹姐出去了。""去哪儿了？""不知道。"红藕转身跑出院子，大声喊："细米！——"林秀穗说："我知道他们去了哪儿。""去了哪儿？"林秀穗故意要急急红藕："知道也不告诉你。""好林老师，告诉我嘛。"林秀穗这才说："他们往芦苇荡那边去了。"

"细米！——"红藕摇着双手。

细米停住了橹，但小船还在向前滑行。

"细米！——"

小船慢慢停在了水面上。

梅纹说："红藕叫呢，往回摇吧。"

细米回头望着朦朦胧胧的岸、朦朦胧胧的红藕，但没有掉转船头。

"细米！——"

梅纹催促道："往回摇呀。"

细米就犹犹豫豫地摇起橹，掉转船头往岸边去。

红藕看不出小船是不是往回来了，依然在喊："细米！——"

细米摇着摇着停住了。

瞭望塔

"怎么不摇了？"梅纹问。

细米用力摇橹，但却是掉转了船头，继续朝着芦苇荡的方向。

"细米！——"红藕在岸上跳着，叫着。

"怎么又掉头了？不是要往岸边去的吗？"

细米只管摇橹，好半天才回答："我已经带她看过了。"

红藕看着看着，小船越来越远，也越来越模糊，便在鼻子里"哼"了一声，很生气地在岸边坐下了。

小船行过，留下一条水道。水道外边的水是静的，水道上的水却很活泼地跳着，月光下，仿佛在小船的后边跟了一长溜鱼群。

梅纹只觉得有一种无边的安静。

细米说："前面是个岛。岛上有一座瞭望塔，是秋天看火的。秋天芦苇黄了，容易着火，最怕的就是芦苇荡着火，火烧起来，天都染红了。"

梅纹已看到了夜幕下的瞭望塔。

船开始进入芦苇丛，空气变得更加阴凉起来。

船靠岸，人上岸。

细米领着梅纹来到瞭望塔下。

梅纹仰头一望，只见云彩在月亮旁匆匆走过，就觉得瞭望塔很高，并且在晃动，叫人晕眩。

细米也在望着这座塔。

梅纹问："你带我到这儿来，就是让我看这座塔吗？"

细米摇摇头，走上了瞭望塔的台阶。

梅纹小心翼翼地跟着，担心地问："它不会倒吗？"

"不会倒的。我常爬上去呢。"他一边登，一边数那台阶："一、二、三……"

梅纹也在心里数着。

数到第十五级时，细米站住了，面朝月亮升起的方向："你朝东边看。"

梅纹转过身去望着。

"你看见了吗？"

梅纹不吭声。

"你看见了吗？"

"水上……水上好像有条路，金色的，弯弯曲曲，曲曲弯弯，我怎么觉得像根绸子在飘呢……是水上还是空中呢？……是路吗？不是路，水上哪会有路？……飘呢，真的在飘，飘飘忽忽……让人有点眼花……这是怎么回事，我的眼睛真的花了……"

"一个月里，就是这几天才能看到，等月亮再升高一些，这路就短了，就不好看了。"细米说完，继续往上攀登，一边登，一边数台阶："十六、十七、十八……"

梅纹扶着扶梯，还在痴迷地看着那条梦幻般的、童话世界里的水上金路。

细米数到第二十二级台阶停住了，低头招呼还停留在第十五级台阶上的梅纹："你过来呀！"

梅纹一边往上走，一边还在痴痴迷迷地看东边水上的路。

"你朝西边看！"

梅纹听他的，就往西边看。

"看到了吗？"

梅纹摇摇头。

"仔细地看。"

梅纹听他的，就仔细地看。

"看到了吗？看到了吗？四周全是芦苇，中间是一片水，就是在那水上，蓝色的，淡蓝色的……"

"哦，看到了，看到了……整个水面上，星星点点，蓝色的，淡蓝色的，还在闪烁呢……"

"像眨眼睛，很多很多的眼睛……"

"还在跳跃呢，蓝色的，像小精灵似的，哇，好神秘哟！……怎么忽地没有了？一片黑，就一片黑……"

"水面上起风了。过一会儿，你就又能看到的。"

"看到了，看到了，又看到了，很淡很淡，不用力看看不出来，蓝了，蓝了，好像是从水底里往上浮起来，越来越密集了，水面上像下雨了。那是什么呀，细米？"

"我也不知道是什么。听爸爸说，是这里的一种草虾，到了夏天，夜晚的月光下，它就会浮到水面上，发亮，蓝蓝的。"

住在苏州城里的梅纹去过夜晚的太湖，但太湖没有这样的景色。她想象不出在这个世界上会有这样迷人的景色。她将两只手平放在扶梯上，将下巴放在手臂上，身体微微前倾，全神贯注地看着西方的水面。这个外表看上去很轻灵的女孩，其实有着很沉重的心思。差不多有一年时间，她见不到爸爸妈妈了。她不知道他们究竟被送到什么地方。只有此刻，她才是轻松而快乐的，甚至是陶醉、轻飘的。她从心底里感谢细米让她看到如此令人难以忘怀的景色。

细米已登上了塔顶，他朝四周看了看，坐下了。他没有催促梅纹上来，他似乎在等待着什么。

月亮越升越高。是个好月亮，薄薄的一片，十分纯净。天空蓝得单纯，偶尔飘过云彩，衬得它更为单纯。天空与月亮，就像一块蓝色的绸子展开了，露出了一面镜子。

果真像细米说的那样，随着月亮的升高，东边的那条水上金路慢慢黯淡下来，并渐渐变短。它的生命好像十分短暂，在充分展现了它的华贵之后，也就到了它自己的尽头。

西边水面的蓝色碎星，也在黯淡下去——不是黯淡下去，而是月亮越来越亮，皎洁的月光将它们遮掩了。

好像是到时候了，细米站了起来，他朝东看，朝西看，朝北看，朝南看，朝四面八方看。他的眼睛在发亮。他轻轻召唤着梅纹："上来吧，上来吧……"

梅纹登上了塔顶。

"你往那边看，别看水，看那边的芦苇。"

梅纹顺着细米手指的方向看去时，心里疑惑起来："那边是在下雪吗？"

"不是的。"

但在梅纹的眼里，那里就是在下雪，淡淡的雪，朦朦胧胧的雪。可是夏季的夜空下怎么会有雪呢？但那分明就是雪呀。远远的，淡白色的雪花在飘落着。

细米告诉她："这是芦花。"

正是芦花盛开的季节。芦荡万顷，直到天边。千枝万枝芦苇，都在它们的季节里开花了，一天比一天蓬勃，一天比一天白。硕大的、松软的芦花，简直是漫无边际地开放在天空下。此刻，月光所到之处，就有了"雪花"。月光越亮，"雪花"就越亮，飞起的花絮，就像是轻飘飘的落雪。

月光才仅仅照到芦荡的边缘上，大部分芦苇还处在黑暗里。随着月亮的升高，被照亮的面积也在增大。增大的速度最初是缓慢的，但后来就加快了，并且越来越快。

细米说："你等着吧。"

月亮越爬越高，月光如潮水一般开始向万顷芦苇漫泻。"雪地"在扩大,一个劲儿地在扩大,并且越来越亮,真的是一个"白雪皑皑"了。

月光洒落到哪里,哪里就有了"雪"。

"雪地"就这样在夏天的夜空下永无止境地蔓延着。

梅纹直看得忘了自己,忘了一切。

起风时,"雪地"活了,起伏着,形成涌动的"雪"波、"雪"浪。而随着这样的涌动,空中就忽闪着一道道反射的银光,将整个世界搞得有点虚幻不定、扑朔迷离。

梅纹一直不说话,她只想这么看着。

月亮慢慢西去,夜风渐渐大起来,凉意漫上塔顶。随着月光的减弱,"雪地"变得灰暗起来。

细米说:"我们该回家了。"

梅纹说:"是该回家了。"她看了一眼正在消逝的"雪地",跟着细米往塔下走去。

木板做成的台阶在"吱呀吱呀"地响着。

后来,就是橹的"吱呀吱呀"声。

梅纹面朝细米坐在船头上,细米朝岸的方向看,而她只朝他看。"这孩子感觉真好。"她在心里对自己说。

小船"咻溜咻溜"地在光滑的水面上朝岸边行进。

梅纹很认真地说:"细米,你应当学美术。"

"没人教我。"

"我教呀。"

细米手中的橹停住了。

"不相信我呀?"

有风,船头开始偏向,细米连忙又摇起橹,将方向调好。

"过些天,你就知道啦。"梅纹说完这句话,就在心中思量着:过些日子,我得找校长和师娘谈谈,让他们将细米交给我;他们喜欢细米,但不一定认识他们的细米。

梅纹和细米上了岸,发现红藕居然还在——她在大树下睡着了。

梅纹急忙叫醒了她。

几个小时前,红藕看着小船远去,先是生气,后来想:我就在这儿等着。她坐在大树下,倚着树干,望着月亮,等着等着就睡着了。现在,她揉了揉眼睛,一时竟忘了自己在哪儿,又是为什么在大树下睡着的,直愣愣地看着梅纹和细米。

梅纹笑了。

红藕终于想起了睡着之前的事,就摇摇晃晃地站起来,接着生气。

梅纹搂着红藕的肩,一路走一路哄:"以后,我们不理他了。"

细米呆呆地走在她们的后面……

选自长篇小说《细米》

柠檬蝶

一只柠檬蝶在寻找花田。它的颜色非常鲜艳,飞行的样子也十分漂亮。"我一定要找到花田!"

因为它是蝴蝶。对于一只蝴蝶来说,这世界上最美丽的景色就是花田。一路上,它的眼前总是闪现着花田:花光灿烂。可是,它现在飞行的地方,是一片景色荒凉的旷野。

前面是一条宽阔的大河。河水滚滚奔流。柠檬蝶望着茫茫的河水,害怕了。它飞出去一段距离后,又掉头飞了回来。它落在一根枯枝上。

大河依然奔流,浪头像一群白鹅拍着翅膀,在向前飞行。

"我一定要找到花田!"柠檬蝶再次起飞,飞向大河。河上风大,它的飞行变得非常艰难。但它决心不顾一切地飞过大河,也许那边有花田。它听见了隆隆的涛声。

但它也听见了心中的呐喊:"我一定要找到花田!"

它终于飞过了大河。但大河那边依然是景色荒凉的旷野。

它什么也不想,一心一意地飞着。春天的太阳金灿灿地,燃烧着,旋转在天空。

它对自己说,哪怕飞到太阳,我也要飞!

一座光秃秃的大山挡住了它的飞行。它无可奈何地在半山腰飞着圈圈。白云淹没了山头。

"我一定要找到花田！"它不住地重复着这句话，开始一点一点向高处飞去。

高处的气流几次要将它打压下去，可它却奋力地穿过气流，一路向上飞去。

最终，它飞过了大山。

这一天它在穿越一片田野时，隐隐约约的闻到了花香。这使它感到无比兴奋，疲倦的翅膀又有了力量。

花香竟然来自田野中央一条大道上的马蹄印。

柠檬蝶在马蹄印上嗅着，"多么醉人的花香啊！"

它认定那匹马曾四蹄踏过花田，花田也许就在不远的地方。它不假思索地沿着马蹄印飞着。

马蹄印，马蹄印，还是马蹄印……

花香，花香，还是花香……

但花香渐渐淡了，柠檬蝶犹疑着围着其中一只马蹄印飞着圈圈。

它犹犹疑疑地飞着，直到马蹄印消失，它看到了一匹白马。才终于明白，它循了一个相反的方向。它已飞不动了，落在了马的耳朵上。

而这时，天正渐渐黑下来。

月光下，马告诉它："是的，那边确实有一大片花田。"

第二天，太阳还没有升起，柠檬蝶告别了白马，沿着马蹄印，朝着与昨天相反的方向飞去。

它飞得很快，马蹄印迅速地闪过。

花香，越来越浓。

按白马所说的，翻过一道矮矮的山梁就可看到那片花田了。

柠檬蝶

　　那道矮矮的山梁已经出现在它的眼前。飞过山梁，眼前的情景使柠檬蝶大吃一惊：

　　那片花田已经被大水淹没了！一片汪洋。

　　没有风，水平得像镜子。水十分清澈，水下的花田十分清晰。

　　柠檬蝶贴着水面飞行着。它一边飞，一边哭泣着。

　　泪珠跌落，激起圈圈水纹，水底的花好像摇晃起来。

　　花在水中盛开着。

　　水下的花被放大了，特别特别地大。

　　柠檬蝶一头扎向水面。知道是水，它用力扇动翅膀，又飞了起来。

　　水中的花格外迷人。

　　它再一次一头扎向水面。

　　它没有再动弹，就那样安静地浮在水面上。

　　不知过了多久，它又再一次飞离了水面。

　　没有落脚的地方，它就不停地飞着。

　　花被水浸泡，空气里流动着芬芳。

　　柠檬蝶最后一次扎进水中。

　　它再也没有飞起。

　　它展开翅膀，无声无息地趴在水面上……

水下有座城

槐子和秀鹊认定，那座城确实是存在的。

它在很遥远的年代陷落，沉没在这片无边无际的大水之下。

可是到底在哪儿呢？

1

大伯拍拍手上的泥土，朝秀鹊摇摇头，给了一个苦笑。

"蘑菇还没出吗？"

大伯回头看一眼蘑菇架，苦笑了一下："连蘑菇毛都没出一根。"

秀鹊踮起脚往架子里看，一层层泥土还是一层层泥土，是死了的泥土。她去过阿垅家的蘑菇房，那蘑菇却是争先恐后、层出不穷地在拱，在攒动，洁白纯净，胖墩墩，像小胖娃娃一样爱煞人，每天早晨都能采两大筐。大伯家的蘑菇为什么就是一个不出呢？大伯也没少费心，搭架子、找牛粪、铺土、打药、种菌、洒葡萄糖水……大伯人都瘦了一圈。这些天，大伯眼巴巴地等着，几乎不肯出蘑菇房一步。

大伯用手抓了一把泥土，又松开，让土纷纷落回架上去："秀鹊，你大伯大概不配在陆地上营生，就活该在水上漂流。"

"明天就能出的。"

大伯叹息道："借你家的一千块钱，恐怕要被我糟蹋了。"

秀鹊把目光转到一边去。

大伯不甘心，又进蘑菇房，爬上爬下地看，爬上爬下地洒葡萄糖水。

秀鹊倚在柴门上，似乎怀着一个心思。

蘑菇房深处，又传来大伯轻轻的叹息声。

"大伯——"秀鹊忽然叫道，却又迅捷地将话吞回肚里。

"秀鹊，叫大伯吗？"

"嗯。"秀鹊显得不安。

大伯走出来："有事吗？"

"没……没有。"秀鹊直摇头，两根小辫两边晃悠。

大伯疑惑地望着她那对明澈如水的眼睛。

"没事，真的没有事。我是问槐子哥这会儿在哪儿。"秀鹊一撒谎，脸就红。

大伯说："这孩子像中了邪似的，荡了只小船，又找那座城去了。"

秀鹊转身去望那片浩渺无涯的水。

"多半是为你找的。"

"……"

"还记得那阵吗？你和你爸在我家大船上住，你老是念叨那座城。依大伯看，其实那座城真是没有的。"

秀鹊走向水边，在漂着水沫的岸边坐下，眺望着远处的水面。

只要见到那片水，秀鹊总会想起那场大水……

2

水是那么的大，从四面八方汹涌地漫上来，水面像个硕大无朋的泡泡，鼓起来，挺起来，白晃晃地吓人。那船，像在水鼓起的巨丘上，显得又高又大。水不住地膨胀着，时刻要爆炸。水鸟在阴沉沉的天底下惊慌失措地乱飞，并且发出令人毛骨悚然的叫声。有几只不时往下俯冲，拼命地拍击着水面。岸上的人弃家出逃，拖老携幼，往远处跑，往高处跑，惊恐的叫喊声，在方圆几十里的天空下远远近近地响。水面先是无声的，只是膨胀，终于，这大水泡破裂了，往四面八方漫开，白浪层层，像成千上万匹银色的野马，嘶鸣着扑过来，越过堤岸，涌进田野和村庄，一时间，天底下只有隆隆如雷的浪涛声。腐草朽木在旋涡里沉浮挣扎，有时还漂来整整一个屋顶，在人眼前一晃，又被旋涡吞没了。一些放鸭的小船被掀翻，像巨大的死鱼在水上乱漂。风车顶上、大树顶上、建在高地的屋顶上，都有未来得及远逃的人。

秀鹊和爸爸被困在两块大门板上，大门板被绳拴在烟囱上。

秀鹊吓得不知道害怕了，便呆呆地张望。天底下除了水还是水，仿佛整个世界就是一片汪洋大海，绝无一寸陆地。

秀鹊的爸爸已很劳累了，坐在大门板上，低垂着湿漉漉的头。

门板随着波浪在摇晃。

水还在不停地往上涨，因为，秀鹊刚才还看到村前的旗杆露出一丈多，而现在只有几尺长了。

秀鹊从爸爸的脸上，看出了一种死亡的预感。随着门板的晃悠，她想起很多事来：下了一场春雨，门前的竹林里，那细嫩的竹笋一根抢一根地往上蹿，几天就蹿得比她人还高；大孩子爬上桑树，使劲地摇，她和其他孩子就在地上捡那桑葚吃，一个个直吃得满嘴紫红，互相望着笑；

水塘里，有一种扁扁的小鱼，身上五颜六色，拖着两根长长的飘带，那飘带就在水里悠悠地荡，好飘逸；秋天，妈妈总要用捣烂的凤仙花泥加上明矾，用青麻叶裹一团在她指甲上，隔三五天，取掉了，指甲便红亮红亮的……

秀鹊觉得那水是一定要把门板掀翻的。

爸爸一直垂着头。他好像已经不抱生还的希望了。既然不抱希望，反而安静了，那慵懒的样子像在昏沉沉的春睡里。

秀鹊忽然心儿一蹦，差点要从门板上站起来——一条大船正朝这边驶来！

她没有打扰爸爸，就一个人静静地望着那大船。

白帆像翅膀一样，在水波上鼓动。它是天与水之间惟一的活力。

秀鹊从未看到过这么美的景象，心里一阵阵激动。

大船过来了。

船头上，站着一个赤着上身的男孩。

那男孩忽然大声叫起来："爸爸，那边有人！"

船头又出现一个中年男子，他一看到这情景，马上大声叫道："扳舵！"

男孩立即跑到船艄，那船便笔直地驶来了。不一会儿，秀鹊的整个视野里便只剩下一叶白帆。

那中年男子跑回船中央，一拉绳子，白帆便"哗啦啦"落下。船横过来，靠近了两块门板。

"爸爸！"秀鹊大声叫着。

爸爸抬起头来，神情漠然地望着秀鹊。

"船！船！大船！"

爸爸好半天才反应过来，掉头一看，又半天张着大嘴哑默着。

"兄弟，来，和孩子上船来吧！"

秀鹊和爸爸呆呆地坐着，傻了似的。

那男孩跳进水中，解开绳子，将两块门板分别推向大船。

那中年汉子弯下腰，伸出大手："好闺女，抓住大伯的手！"

秀鹊慢慢伸出冰凉冰凉的小手。她的小手一下将那双大手抓住了。她"哇"地一声哭了。

大伯将她抱上船后，费了很大的劲，才把她爸爸救上船。

爸爸上船后，还两眼发直地愣着。

"就你和爸爸两个人？"大伯问。

"妈妈被大水冲走了。"

那男孩爬上船来了。

"他叫槐子，你就叫他槐子哥吧。"

秀鹊点点头。

槐子望着她，一下害臊起来。

大水一直不肯退去，大伯就一直将秀鹊和爸爸收留在船上。

大伯是个篾匠。往上数，不知从哪一代开始，就一直在水上漂流了。这片水面四周都是良田，收庄稼时，要用竹箩。这里的人又都爱用竹制品：竹篮子、竹匾、竹筐……大伯就靠做这些家什为主。船便是家，前程随风飘移，日子在水上流淌。

一日一日地，秀鹊和爸爸吃在船上，睡在船上，爸爸很过意不去。

"谁还没有个为难的时候？这船上有吃的，有喝的，你父女俩就踏踏实实地待着，等水退下去，那时，我自然送你们回家。留也留不住你们，陆上的人受不住水上这份寂寞，这份不着根底的空落。"大伯说。

秀鹊倒在船上玩得很开心。她跟槐子哥已熟了。槐子哥很腼腆，但见的世界大，知道的事情也多，总有秀鹊觉得新鲜的。她跟着槐子哥船前船后跑，舱里舱外钻，并不觉得天地小。

大船载着失落了家园的秀鹊和爸爸，在这水里漫无目标地漂泊，在水浪撞击船舷的"哗啦"声和水鸟的鸣叫声中打发着光阴。

3

那是一个绝对迷人的黄昏。

黄昏里，槐子把秀鹊带入了一个绝对迷人的世界——

"这水底下有座城。"槐子说。

秀鹊惊奇地望着他。

槐子把两条腿垂挂在船舷上："很久很久以前，大概连我爷爷的爷爷都没出世那会儿，这儿有一座城，突然的，就陷落了，大水漫上来，它就永远永远地沉在了深水里。那城有很多花园，一片接一片，街是用红油油的檀香木铺的，没一丝灰尘。人出门都用黑的马或白的马拉的马车，那马车是金子的，连马蹄都是金子的，用银丝编成的长马鞭挥舞起来，银光道道。到了晚上，一街的灯，人们就在街上散步，听从各种各样的房子里传出来的乐声……"

"真有这座城吗？"

"真的。我和爸爸驾船走了很多地方，老人们都这么说。"

"它在哪儿呢？"

"这我不知道。"

秀鹊痴迷地望着茫茫的大水。

黄昏时的远空是柔和的橘红色，弯曲的顶空是一片深深的纯蓝，远处的水映着远处的天，只有轻风荡来，橙色的水面像匹薄绸在轻飘飘地颤悠，一丛半丛芦苇竖着毛茸茸的穗子，三两只长翅细身的水鸟在这弯曲的天空下细无声息地滑翔,仿佛是锡箔儿叠成似的被风吹到空中去的。一只远飞的银灰鸽子,大概疲劳了,估摸着自己一时不能越过这片漫无尽头的水面,在桅杆上盘旋了一阵,竟然落在了降下的白帆上,微微有些慌张,翘首朝西边的天空望,几条身材悠长有弹性的白条鱼,跃出水面,在一尘不染的空气里,划了几道银弧,跌在水里,水面一时碎开,溅起一蓬蓬细珠⋯⋯

在这样的黄昏,听这样的故事,秀鹚的魂儿就飘出来了,飘到天空下,飘到水面上⋯⋯这魂儿仿佛真的看到了那座有金色的马车在檀香木铺就的大街上辚辚作响的城。她的眼睛便在黄昏里一闪一闪地发亮。

槐子托着下巴,也让心去自由自在地想象那座城。

这大船四周无边无际的空白,使得这两个孩子的想象毫无阻拦,无拘无束。

大伯走过来,笑了笑。

"大伯,你说那座城在哪儿呢?"

"你别听你槐子哥瞎说!"

"你自己就对我说过好几回。"槐子说。

"那是大人哄小孩玩的。"

"不对,谁都说有这座城。"

"那你们就相信去吧。"

"你自己就相信的。"槐子说。

大伯笑了笑,和秀鹚的爸爸到船后舱的盖板上吃那一尾鱼喝那一壶酒去了。

"肯定有那座城!"秀鹚说。

"就是有的!"槐子说。

夜里,秀鹚竟然醒来了,翻转身,趴在小铺上,拨开窗子往水面上瞧，远处的景象，差一点没使她叫出声来：

水面上，隐隐约约的，一片灯火！

秀鹊揉了揉眼睛，看得越发真切。她爬到舱外。

"是你吗？"不远处，有人问。

"是槐子哥！"她看到槐子坐在舱外，激动地指着远方，"你看到了吗？"

"嗯。"

苍茫的天穹下，那一片亮光星星点点，在遥远的水面上，既壮观又神秘地闪烁着，真似万家灯火。

"是水下那座城的灯火映到水面上来的。"槐子说。

"就是的！"秀鹊靠近槐子。

船舱里，睡得迷迷糊糊的大伯觉察到外面的动静，说了一声："这两个孩子，寤迷三道的，那光是水里的一种鱼发出的。"

秀鹊的爸爸一笑说："我那闺女从小就傻得要死。"

两个孩子不去理会大人的嘲笑，竟肩挨肩地坐下，凝眸，朝那片灯火，充满幻想地远眺……

4

远远的，槐子摇着小船出现了。

秀鹊不知道是等他好还是回去好。她怕他问："是来找我的吗？"她今天并不是来找他的。她已好多天不来看他了，因为她羞于见到他。这几天，爸爸总在催促她："到河边去，跟你大伯把一千块钱要回来，借去都一年多了。"她拒绝道："要去你自己去！"爸爸说："大人不好开口，你小孩家怕什么，没有就罢呗。"今天爸爸发脾气了，她不得不来向大伯询问。

一年前，爸爸在水上寻到了大伯，劝他说："你就别再带着孩子在水上到处漂了，上岸住吧。"大伯先是不愿，但爸爸好劝歹劝，他的心也就动了：倒也是，我一辈子在水上漂倒也罢了，不能让槐子也一辈子没着落呀！就听了爸爸的劝。

如今，爸爸是这地方上的有钱人。从大伯的船上上岸后，他见前村后舍的房屋全都坍塌了，想起那天大伯的船到过一个码头，那地方出木材，价钱极便宜，灵机一动，就凑了一些钱，拖回一个木排来。当时，人们重建家园心切，不管爸爸出价多高，不到一天就把一个木排抢光了。爸爸赚了一大笔钱，又建了两眼砖窑，那砖瓦也是抢手货。爸爸的口袋也便一日一日地厚实起来。

大伯上岸后，爸爸很慷慨，一甩手一千元："垫个底，你自己带着孩子奔日子吧。"

现在，爸爸钱多了，却要收回这一千元钱了。

"秀鹊！"槐子的小船靠岸了。他将小船的缆绳拴好，满脸欣喜："那座城，怕要找到了。"

秀鹊跑向槐子："在哪儿？"

"我在水上遇见一条从西面来的大船，那船上有个白胡子大爷，他说，那座城就在小柴滩南面三四里的地方。他说他年轻的时候，在水底下见过那座城。"槐子说得神采飞扬。

"去找吗？"

"当然。"

"什么时候？"

"明天一早！"

5

　　第二天中午，那只小船确实停在了小柴滩南面三四里的水面上。

　　水是蓝的，蓝得很高贵。没有一丝风，水平滑、温柔，静得神圣。天空高远，一两朵银灿灿的白云在天边似动非动地飘游。

　　秀鹊和槐子坐在船上，在这无边的寂静中沉默着。

　　透过那蓝晶晶的水，他们的灵魂似乎看到了那座城：檀香木铺成的街上，黑的马或白的马拉着金色的马车，在洁净无尘的空间里，往前行驶。金马蹄叩着路面，发出清纯的脆音，银马鞭在空气中划过，留下一道又一道银光……

　　"你等着，我先去。"槐子跳进水中，一蓬水花便在阳光下盛开着，但瞬间便消失了，只有一道道水圈慢慢地向远处扩去。

　　秀鹊很安静地坐在船上。

　　她什么也不想，只想那座城。

　　天空下似乎一无所有，只有这只船和这个小姑娘。

　　透明的空气里，淡淡地飘着由于阳光而蒸发出的青蓝的水烟。

　　"槐子哥该看到那座城了。"秀鹊这么想，眼睛便愈发黑亮起来。

　　几只血红血红的蜻蜓在小船周围飞，红脑袋、眼睛黑晶晶的那一只，竟然停在了秀鹊的黑发上，仿佛给她戴上了一朵花。

　　槐子露出水面。

　　"见到了吗？"

　　"还没有，但我觉得快啦。"

　　槐子很固执，一次又一次地扎到水底下去。

　　"我觉得那座城肯定就在这儿！"槐子精疲力竭了，但关于那座城存在于此的信念反而坚定得像块岩石。

天将晚，他才肯听秀鹊的劝说，爬上船来。

"该回家了。"秀鹊说，"以后再来找吧，会找到的。"

"那当然。"

槐子扯起小白帆，船便往回驶。

黑暗从天边无声无息地涌来，空气慢慢地染成了黑色，水天相接的地方变得一片模糊，一星半星渔火在远处半明半暗地闪烁，随着一阵晚风飘去浮云，像揭开一块面纱，天空中闪烁着满天星斗。整个世界便在一片神秘中微微喘息着。

星光下，小船在滑溜溜的水面上行着。

"真有这座城吗？"秀鹊问。

"当然有。"

"我想也是有的。能见到那些金马车，那该多好！"

"肯定能见到。到时，我挥起银马鞭，能'叭'地甩一个响。"

弯弯的新月，如同金镰挂在天幕上。

仿佛整个世界都在聆听两个孩子赤诚的愿望……

6

冬季。

秀鹊虽然始终惦记着那座城，但很少来找槐子。因为每当她见到槐子的目光，她就觉得脸上发烧——在此期间，爸爸又几次让她来跟大伯要债。即使她不带有爸爸的使命，她也觉得自己是个逼债的——向失败了的、沉默寡言的父子俩逼债。

她见到槐子，最使她无地自容的就是他提出还要去寻找那座城。

今天，她确实是来要债的。

一大早,爸爸就骂她:"把你养了这么大,连个债都要不回。今天你至少得听到你大伯一个回话,不然你就别进家门!"

大伯用一双黯淡无神的目光迎接了她。

"大伯……"她觉得又有什么灾难曾在这里停留过。

大伯叹息了一声:"你大伯总是不走运。"他指了指水面。

秀鹊跑到水边,眼前的情景是凄惨的:

阴沉沉的水面上,浮着一片死鸭,它们耷拉着翅膀,脑袋垂挂在水里,像一团团烂草根儿。还有几只正在垂死挣扎,它们企图将脑袋抬起来,可是终于又垂挂了下去。在沿岸的冰碴儿上,虽有几只还能可怜巴巴地叫唤,却无力站起来行走了。

"我本以为夏天会瘟鸭,没想冬天也会瘟鸭。"大伯说。

小船停在死鸭中央。

槐子坐在小船上一声不响。

这群鸭子几乎是大伯和槐子惟一的希望了。种蘑菇失败后,大伯日夜操心的就是这群鸭子。现在,随着一场鸭瘟,这希望便也永远地破灭了。

秀鹊再看大伯,觉得他老了:头发几乎脱落尽了,只有稀疏几根,在寒风里硬硬地竖着;松弛的面部,使脸变得瘦长;颧骨高高地隆起,形成两片阴影;眼睛里透出的是无可奈何的神色。当大伯说话时,秀鹊越发感觉到了一种令人心酸的衰老。

"我的命注定了,这一辈子大概只能在水上漂。"

大伯说这句话时,是苍凉的、伤感的,同时也是平静的、实在的。

秀鹊想宽慰大伯,但她小,没有这份力量。

"你是来找槐子的?"

"不……是……是找槐子哥的。"

"槐子,秀鹊来啦。"

槐子居然没有听见。他有点儿发木。

"该给你爸一千块钱啦,欠了有日头啦。"

秀鹊望着大伯:"大伯,爸爸说,你们只要发了财,他比什么都高兴。"

"发财?发财……"大伯苦笑着。

秀鹊又看了一眼槐子,慢慢地离去。当她走上大堤时,她停住,转过身来对大伯说:"我爸说,你再提钱的事,就等于骂他呢!"说完,跑下大堤。

她没有立即回家,在田野上溜达着。

天空飘起雪花,并且越飘越大。

秀鹊还是在田野上走,直到头上、肩上积了厚厚一层雪,她才往家走。

"你大伯怎么说?"爸爸装得不太在意地问。

她"哇"地一声大哭起来。

"你哭什么?"

她哭得更响,并且哆嗦着身体。

"你怎么啦?"

"钱……一千块钱……被我丢啦!"她用恐惧的眼睛望着爸爸。

"什么?"

"钱丢在路上啦,我找了半天也没找着。"

爸爸一巴掌打在她的脸上。

她觉得鼻子一阵刺痛,随即感到有两小股热流从鼻孔中涌出:血!

她走出家门,止不住的血一滴一滴地落在雪地上。

晶莹的雪花在空中飞舞,落在她的额头上,使她感到一种舒适的清凉。她两眼汪满泪水,望着这个素白的世界,任鼻血去流淌。

血滴在白雪上,立即开成一朵朵殷红鲜艳的血花。随着她的走动,这血花就一路在雪上一朵朵温暖地开放着……

7

初春,空气虽然仍使人觉得凉丝丝的,但周围的一切告诉人们,一个新的季节还是来了:天空消失了那似乎永恒的阴霾,而变得清朗;冻僵的泥土开始变得松软,有了弹性;寒风里,柳树枝头已绽出毛茸茸的新芽。

这本是一个容易使人产生希望的季节。

但秀鹊却在一个晴朗的天气里看到使她日后可能永远要被忧伤之情缠绕的情景。

那只大船,连同大伯和槐子,都消失了。

水边的木屋,已有了新主人。

秀鹊似乎并没有感到多大的震惊,只是站在河边上,朝水上眺望。她甚至没有在心里产生强烈的伤感。

放鸭的李大爷撑着小船过来,从怀里掏出一只布包:"秀鹊,这是你大伯留下的一千块钱,说是还给你爸的。他说他负了你爸一片好愿望,拿了一千块钱,终了连个利息都没有,实在不好意思去见你爸。"

秀鹊拿过布包,但眼睛却始终望着水。

李大爷撑着小船远去,忽然想起一件事来,转身道:"你槐子哥留下一句话,若找不到那座城,他就不回来了。"

秀鹊依然望着水——

没有鸟,没有帆,只有一片一望无际的茫茫大水……

1989年10月于北京大学21楼106室

风 哥 哥

哥哥最终还是闭上了眼睛。

那是在春天的一个黄昏，一群白色的鸟纷纷落在田野上。那年，我七岁。下葬回家，田野上刮起一阵小旋风。

妈妈把我紧紧地搂在怀里，望着天空说："其实，你哥哥只是变成了风。"

我上学去了。刚出家门，就觉得有一股轻风环绕在我四周。

它掀了掀我的衣角，随后，又很柔和地吹拂着我的头发。我分明觉得那是哥哥的手——哥哥最喜欢的一个动作，就是把他的手插进我乱糟糟的头发里。

放学了，我刚走出教室，很快那股轻风就又环绕在我四周。它掀了掀我的衣角，随后，又很柔和地吹拂着我的头发。我们一路往家走。

那天，四周没有一丝风，但我们走过时，树上的花，地上的花，都被吹得乱飞，像是满天花雨。从那以后，我每时每刻都能感觉到风在我身边流动。

我抱着妈妈的胳膊，望着天空说："其实，哥哥只是变成了风。"

妈妈抚摸着我的面颊笑了，眼睛里却闪着泪花。

春天，我坐在草地上。风哥哥先是在草梢上轻盈地走动，不久，他让我看到了我一辈子也不会忘记的草舞：一直蔓延到天边的草，摇摆着，起伏着，涌动着，大大小小的绿色漩涡，迷人地旋转在天空下……

秋天，我们去了树林。

风哥哥先是象一阵轻烟升腾到天空，然后在树梢上滚动着。随后，它在林间猛烈地鼓动着，翻滚着，摇晃着，冲撞着大树。好大一片树林，不一会儿就落叶纷纷。我敢说，这世界上再也不可能有这么一场辉煌的落叶了！

哥哥活着时，还是一个坏男孩，风哥哥依然还是这样。

那天，我从高高的桥上跳水，当身体猛地穿过河水时，小裤衩被水流一下给捋去了。等我冒出水面时，它已不知去向。

一个大人正在河里游泳，我趁他不注意，爬上了岸，悄悄穿上了他的上衣：哈！又大又长，把我的小屁股完完全全遮挡住了！

我大摇大摆地往家走去。前面走过来几个"唧唧喳喳"小女孩。

我有点儿害臊，却在这时，一阵大风忽地从我的裤裆里猛然吹起，直把我身上的大褂子高高地掀到了我的胳肢窝下。

几个小女孩瞪大眼睛，一起尖叫，四下里跑散了。

风哥哥和我形影不离。

我坐在门前的大树下看书，风哥哥好像知道我看到了哪儿，一页看完，根本不用我动手，轻风就会吹起，掀开新的一页。

我只管往下看就是了，风哥哥会一页一页帮我掀书的。——好自在啊！那天，我因追赶一只野鸭迷失在了一望无际的芦苇荡里！

无论我往哪个方向走，都只是层层叠叠的芦苇。

我一边哭着，一边用手拨开芦苇，一边在呼唤着："哥哥——！哥哥——！……"

远处，一股风从芦苇梢头"唰唰唰"地卷了过来。

等我慢慢安静下来，风哥哥在大芦荡里神奇地吹开了一条通道。

芦苇像大河里的水被"哗哗"分到了两边。

我沿着这条长长的通道，昂首挺胸地走出了大芦荡。

那时，西边的天空，正被半轮红日烧得红彤彤的。

这学期快结束时，学校组织了一次我们当地的那种帆船比赛。

这天，阳光灿烂，大河上风平浪静。

参加比赛的人，都很失望：在这种无风的天气里，只能摇橹或划桨让船行进了。我的嘴角却挂着笑容。比赛开始了，我高高地扯起了风帆。

我在心里说：现在，你们一个个睁大了眼睛，好好瞧瞧，风马上就要来啦，并且只吹我的帆！可是，我等了好久好久，也没有等到一丝风。我的船，空有一面大帆，很滑稽地停在大河上。

大河里的水，简直是一河浆糊。

那些船，都放弃了帆而改用早准备好的桨或橹。船虽然有点儿慢，但毕竟还是在往前行进。而我呢，根本就没有准备桨和橹。

不久，有几只船到达了终点。

我仰望着那叶白帆，眼泪挂在眼角……

当所有的船都到达了终点，当所有的人都在看着我和我的船，当听到此起彼伏的嘲笑声时，我丢弃了这只船，一头扎进水中……

我钻进了谁也看不见的芦苇丛。

不一会儿，"沙沙"声迎面而来，我立即背过身去。

风就环绕着我，我觉得被哥哥搂在了怀里。

我忽然大哭起来。

其实，从爬上岸的那一刻起，我就好像听到了哥哥的声音："有些事，哥哥是不能帮你的……"

我们一直坐到月亮升上来，才一起往家走。那年的冬天，特别寒冷。

我从未见过的大风，一连吼了两天两夜。它像千军万马轰隆隆从天边杀来，把大地上一切可以卷走的东西都统统卷走了。

风过后，大地一片干干净净。我惊恐地看着眼前这个世界：四下里一片寂静。我突然感觉到：风哥哥不在了！

我开始发抖，不住地转动着身子，四下里寻找。

我先是小声呼唤，接着就是大声喊叫："哥哥——！哥哥——！……"

我跑向大河，我跑向树林，我跑向芦荡，我跑向田野，我跑向一切我曾和哥哥去过的地方。我哭着，喊着。

后来，我再也跑不动了，就坐在大河边上，呆呆地望着河水。

妈妈找来了。

我的嗓子哑了。

但我还是冲着大河喊叫了一声："哥哥——！……"

妈妈坐在我身边，将我搂在怀里："傻孩子，哥哥早就离开我们了……"

"不！不！哥哥只是变成了风……"

妈妈用手在我额头上试了试，把我搂得紧紧的。

我终于知道了一个事实：风被风卷走了！

我不再啼哭，但从那天起，我会每天站到村前的大路口去等我的风哥哥……

2008年7月15日于香堂别墅